读客®文化

牛津女孩

成功就是制订一个目标，然后用1000%的努力达成它

赛茜　著

江苏凤凰文艺出版社
JIANGSU PHOENIX LITERATURE AND ART PUBLISHING

图书在版编目（CIP）数据

牛津女孩 / 赛茜著 . -- 南京 : 江苏凤凰文艺出版社 , 2022.8
ISBN 978-7-5594-6864-2

Ⅰ . ①牛… Ⅱ . ①赛… Ⅲ . ①传记文学 – 中国 – 当代 Ⅳ . ① I25

中国版本图书馆 CIP 数据核字 (2022) 第 088490 号

牛津女孩

赛茜 著

责任编辑 丁小卉
特约编辑 贾育楠 洪 刚 李玉洁
封面设计 于 欣
内文插画 于 欣
责任印制 刘 巍
出版发行 江苏凤凰文艺出版社
南京市中央路 165 号，邮编：210009
网 址 http://www.jswenyi.com
印 刷 河北中科印刷科技发展有限公司
开 本 880 毫米 ×1230 毫米 1/32
印 张 6.5
字 数 106 千字
版 次 2022 年 8 月第 1 版
印 次 2022 年 8 月第 1 次印刷
标准书号 ISBN 978-7-5594-6864-2
定 价 59.00 元

推荐序

很荣幸，我可以为赛茜的新书作序。

外面艳阳高照，我正在牛津大学圣凯瑟琳学院授课。第一次见到赛茜，是在 2017 年冬天的本科申请季。可以说，赛茜无疑是我在过去几年里遇到的最聪慧的本科生。

牛津和剑桥较其他的普通英国高校有所不同，主要体现在以下两个方面：

首先，无论学术能力有多么出众，所有申请本科的学生，都须要事先参加面试。

其次，在辅导教学方面，牛津和剑桥也有其独特的授课模式，这两所学校通常会以大型讲座辅以小班教学的方式进行，每周还会让 2～3 名学生与导师会面，时长为一小时。

这样的教学系统使得面试成为考核的关键，也使得我对赛茜的逻辑思维能力、思辨能力以及语言表达能力印象深刻。

相处之初，我就发现赛茜是一个兴趣广泛的女孩，她对辩论的兴趣尤为浓厚。

牛津辩论社以接待政治家、名人和各界人士而享誉全球，事实证明，它确实也是英国和国际上各行各业未来领导人的训练营。赛茜在大学生涯的前两年就积极参与该社团的活动，并在“成为一名出色演说家”的路上不断努力。

牛津的学生会参加许多学术之外的活动，诸如运动、音乐和艺术等。但作为大学老师，我的首要任务是确保他们的学业成绩不会因此受到影响。赛茜虽然天赋异禀，又有一定的目标感和做事的恒心，但仅凭天赋带来的发展空间相当有限，斩获文凭和学位需要的是持之以恒的用功。不过我相信她，赛茜一直是一个有主见，并且擅长做长远计划的人。

我们的关系不错，所以我直接提醒了她进退取舍的选择，她回答中的坦率和诚恳则让我印象颇深。赛茜并没有讲那些我预想中会听到的冠冕堂皇的话来让我放心，相反，她早已计划好如何把大学三年的事情安排得井井有条，并用非比寻常的自信表达了她从容的决心：一切都会如愿以偿。

2020 年新冠肺炎疫情初期，一切尚未明朗，我们可以感受到学生在期末考试前承受的巨大压力。虽然赛茜因为“新冠”在医院度过了考试前的 2 个月，但她最终是以最高荣誉毕业的。

对于赛茜的优秀表现，我感到尤为欣慰。艰难时期，她表现出的执着和坚韧，专心和投入，让我颇为自豪。她的优秀和卓越，让我坚信她会在以后的日子里一往无前。

她是一个头脑清晰、目标明确的女孩，在实现人生目标的路上，有着从容不迫的自信。

希望这本书能为你们提供源源不断的灵感和启发，此书满溢着乐观向上的精神，尤其在这个特殊时期的我们，更需要拥抱种种乐观的可能。

祝愿赛茜和正读此书的你们——

一切如愿以偿。

亚历克斯·莫尼 博士

牛津大学圣凯瑟琳学院

2022 年 4 月

图 1：牛津辩论社演讲

图 2：2010 年小学毕业，获得年级进步奖，是英语能力从 0 到 1 最艰难的一年

图 3：2010 年小学毕业，运动赛，刚刚被绊倒又爬起来继续冲刺

图 4：2001 年幼儿园大班

图 5：2009 年，第一次穿上新校服，在全新的留学生活里，钢琴竟然成为了最熟悉的物件

2

3

4

5

图 1：2015 年高二，作为优秀生给学校拍摄宣传广告
图 2：2018 年大一暑假，参加腾讯节目《高能玩家》
图 3：2022 年，延迟两年的大学毕业典礼
图 4：2018 年，参加伦敦的复古骑行活动

3

4

1

图 1：2021 年斯坦福桥足球场，是在场唯一的女性球员

图 2：2018 年接受凤凰卫视采访

2

114 min
164 min
STBY
06:51:48:12 P
50 Mbps
1920x1080
50.00i
20180615
CH1/CH2

1

2

图 1：2022 年牛津最高荣誉毕业生

图 2：2015 年作为队长，带队参加越野跑比赛

图 3：2014 年，成为市队篮球手和校队队长，团队锦标赛合影

图 4：2017 年，正式进入牛津大学的“开学仪式”

图 5：2022 年，和品牌方的宣传合作拍摄

3

5

4

1

2

3

图 1：2021 年 CYOT 教育慈善线下演讲
图 2：2021 年 B 站 10 万粉丝纪念牌
图 3：2018 年牛津辩论社的辩手合照

目录

写在前面的话

▶ PART 1

从“不及格的差生”到牛津大学的优等生

▶ PART 2

首位进入牛津百年辩论社的华人女性

01 牛津面试

02 牛津辩论社

03 学习新专业

▶ PART 3

谁说地理专业不能做金融

01 正确认知求职

02 成为工作的主人

03 跳槽的目标不仅仅是薪水

PART 4

探索人生，我们都在路上

▶ 写在前面的话

很多人认识我，是从我在牛津辩论社的视频开始的。不可否认，那是我人生的“高光时刻”。

当我回看那些视频时，甚至也会被自己那样的状态惊讶到：在这样一个被智慧和荣誉光环笼罩的场合，一个亚裔女孩能流利自如地用外语，自信而笃定地陈述自己的观点。

但谁又能想到，这样一个女孩，曾经也是一个糟糕的笨小孩呢？

如果阅读这段文字的你，也正在被沮丧和失落笼罩，焦虑于自己的不优秀。那么我想说，请不要担心，也不要画地为牢，把自己困在失败的认知牢笼。

因为每个人，曾经都可能是那个不成功的“笨小孩”。

不及格的差生

现在，每当和新认识的朋友聊天时，我都很愿意了解对方的童年。

这是一个很有效的聊天方式。因为一个人在哪种文化环境下成长，童年经历过什么事情，都会对他的性格和思维方式产生深远的影响。

与其说我拥有一个无忧无虑的童年，不如说我的童年是复杂的、充满挑战的。因为9岁的时候我就离开家乡来到英国留学，开启了独自在异国他乡的漫漫求学之路。

现在回想起来，我时常会感谢这段经历，也感谢一直努力不肯放弃的自己，是那个懵懂莽撞的小女孩，让我成了一个勇敢的大人。

2018年，我在牛津辩论社辩论的视频被传到了网上，意外获得了许多人的关注。赞美、鲜花像海水一样向我袭来，我甚至在自己的朋友圈里频繁地看到一篇名为《比你美丽又比你优秀的女孩》的文章在不断转发。

自豪、骄傲当然是有的，就像是一个努力的小孩子突然得到了属于自己的那朵小红花。但同时我也觉得多少有点滑稽，因为在我的童年里，我总是那个得不到小红花、个头矮小、让老师头疼的差生。

我出生在一个好年代。

1998 年，是中国机遇与挑战并存的一年，调整经济战略后，中国克服了亚洲金融危机和百年一遇的特大洪涝灾害所带来的重重困难。这种变动给普通人带来的，既有风险，也有机遇。就在这一年，身为牙医的父亲和在单位上班的母亲都“下海从商”了。

我们父母这代人，很多都认为自己“要为儿女而活”，他们不辞辛苦、四处奔波，只希望给孩子“更好的生活”。虽然无可奈何，但也因为他们的忙碌，我们一家人无法天天生活在一起，我在本该读幼儿园的年纪就被送到了寄宿学校读小学，后来也由于父母的工作变动，频繁地转学。光是在小学期间，我就转学了四次。

我从小就有些挑食，所以长得并不怎么结实，可以说是

"小小一只"，加上年纪比同学们都小，就更显得弱小了。在还没建立起成熟的世界观的时候，孩子们总是喜欢追逐同类，排挤异类，我当时的交友状况可想而知。

作为一个"不受欢迎"的女孩，奔波的童年反而锻炼出了我适应新环境的能力。

我是家族里最小的孩子，在人生每一个阶段，都无法避免地被拿来跟家里的表哥表姐们作比较，这着实让我苦恼了很久。因为小时候的我除了比较伶牙俐齿之外，并没有任何"出类拔萃"的优点。甚至母亲买的家里的第一架钢琴，也很快从五音不全的我的手里，转赠给了我那个拥有出色音乐天赋的表哥。因此，每次大家庭聚会，闪光灯总是照在有才华的表哥表姐们身上。"前辈"太优秀，衬得我这个老幺像一只小呆鹅。

但对父母而言，自己的宝贝永远都是世界上最好的，因此我每周的行程也被各种课外辅导班安排得满满当当：奥数、英语、小主持人、速记，没有一项落下。密不透风的学习计划让我觉得自己像一只迷路的小鸟，找不到家的方向，只能不停地扑棱着翅膀，告诉大家我有在努力。

但失败依然频繁，每一次都让我倍加沮丧和自卑——我永远都记得六岁那年，那次令我懊恼、伤心、羞愧的经历。

当时报名奥数课需要先通过入门考试。答题时间结束，我看着落笔零散的卷面，失落地跑到了办公室隔壁的卫生间。小小的我，不知道该如何面对父母殷切的期望。

一墙之隔，我清晰地听到母亲对老师的请求声：“茜茜是一个很机灵的女孩，她一定会快速赶上来的，拜托您了。请您相信我，她很聪明，会很努力的。”

我的母亲是一个自信、从不向人低头的女性，但是此刻，她的声音里带着一丝恳求。听到她这样与老师谈话，当时我的眼泪就下来了，因为胆怯，也因为羞愧。

最终，老师被妈妈的诚恳打动了。我用凉水洗了把脸，假装什么都没听到。一个 6 岁的女孩，是无法处理这样复杂的心情的。回家的路上，我一句话都说不出来，只能望着窗外疾驰的风景默默流泪，惭愧于自己的差劲，觉得这样的自己对不起父母的付出。

我是不是真的这么差劲？我是不是永远无法成为让父母骄傲的孩子？

那时的我，心里充满了对自己的怀疑，也坚信自己天生不是学习的料。唯一的幸运，只有爱我和相信我的父母。

7 岁，我给自己找学校

小学四年级的那个暑假，离开学不到一个月的时候，由于父母工作上的调动，我们一家需要搬到北京去，我也再次“被转学”了。

一开始我很憧憬，天安门、故宫、长城、颐和园……那些在课文中一遍遍出现过的景点，即将出现在我的眼前了，我也要在祖国的“心脏”开始新生活了！

然而，父母忙于搬家和工作，根本没有太多时间带我去玩。初到北京的那个暑假，我是一个人在空荡荡的房子里度过的。

那个时候的北五环，与今天拥有“宇宙中心五道口”的北五环大有不同，尚处于发展初期，整个小区空得好像只有我们一户人家。由于转学的原因，我很“幸运”地没有任何暑假作业，所以每天的生活就只有在家里自娱自乐，找事情打发漫长的午后时光，然后期待着父母在傍晚回到家里。

这似乎是很多孩子都向往的暑假生活，没有作业，没有不停啰唆的家长。但在我的记忆里，那个蝉鸣不止的夏天里我曾有过许多期待，但更多的是期待落空后的失落与孤单。那个夏天我具体做了什么，已经消逝在记忆里，但那种落寞、孤独的感觉，却一直残留在我的心里。

在离 9 月 1 日开学还有 3 周的时候，父母告知我，他们还没来得及给我找学校。我一直相信找学校这件事就像以往一样，会被父母妥善安排好。但在听到这个消息时，我还是顿感担忧。

但是，年仅 7 岁的小孩能有什么好办法呢？

有的，或许只有一份天真的勇气。

2006 年的那个夏天，我主动报名参加了很多补习班，想尽快了解北京的好学校，不停地搜集信息，希望可以通过自己的努力，帮助父母解决问题。

情况就如同《牧羊少年奇幻之旅》中写的那样，当你想做一件事的时候，全世界都会来帮你。可能老天也被我一往无前的执着打动了，事情终于迎来了转机。

我在小区里散步时，遇到了我人生中的第一位恩人，邻居王阿姨。

现在回想起来，她也许没有想到在相遇后的 5 分钟里，一个 7 岁的小女孩会对她进行关于北京小学问题的“连环问”，甚至直接请求她的帮助。当时的我似乎发挥出了整个夏天攒下来的能量，而后王阿姨露出了微笑，温柔地说道：“好，阿姨可以帮你想办法。”

后来我在《杀鹌鹑的少女》里，读到了这样一段话：

> 当你老了，回顾一生，就会发觉：什么时候出国读书，什么时候决定做第一份职业，什么时候选定了对象而恋爱，什么时候结婚，其实都是命运的巨变。只是当时站在三岔路口，眼见风云千樯，你作出选择的那一日，在日记上，相当沉闷和平凡，当时还以为是生命中普通的一天。

那个再普通不过的傍晚对我而言，或许就是命运发生巨变的岔路口。

那次相遇，让我感激至今。不仅是因为王阿姨的帮助，也因为在第一次向陌生人请求帮助时，我获得的是一条诚恳的橄榄枝。这让我更勇敢，也更愿意相信人，它给了我未来敢闯世界的信心。

我把这个好消息告诉母亲后，她抱着半信半疑的态度结识了王阿姨。两人见面的两周后，我顺利地成为北京朝阳区的一名小学生！

虽然事情发展的很顺利，但我并没有像故事里的女主角那样，一路“逆袭”成为好学生。在高手众多的北京，只有数学成绩我还算凑合，其他科目的成绩都是倒数。

班主任评价我：“虽然稍有些聪明，但从来不把心思用到正事儿上。”我不以为然，觉得或许他指的就是我懒散的学习态度吧，反正自己天生不是学习的料。

现在想想，当时的我被困在了固定型思维模式里。这种思维模式在我后来听了斯坦福大学教授卡罗·杜维克讲课后才明白——“固定型思维”的人会认为自己的智力和能力都是天生的、无法改变的。所以，他们会认定每一次的失败都是因为自己缺乏必要的基本能力。与之相对的，是“成长型思维”，拥有这种思维模式后，你会相信，只要投入精力或学习，就能获得任何特定的能力。

这两种思维模式，为我接下来的人生转机做了精准的注脚。

因为接下来我的人生道路会证明，人的任何目标都能靠努力来实现。

这要从我 9 岁决定离开父母，独自前往英国留学的事情说起了。

PART 1

从“不及格的差生”到牛津大学的优等生

目标规划是一种可以养成的技能，因为基本的逻辑是固定的。只是在执行中，大家需要摸索出最适合自己的方法论。在我攀登人生中大大小小的里程碑时，每一次都依靠了“目标分段计划法”。

01

打破认知壁垒，传统问题的新视角

牛津梦伊始

我看过很多访谈纪录片，很多时候被采访者都会被问到一个问题：如果让你跟过去的自己说一句话，你会说什么?

我曾经认真地思考过这个问题，如果是我，我会对 9 岁那年那个决定要独自留学的小女孩说：大胆去吧！向前走，不要怕。你想要的，最终都会得到。因为时间如同小河淌水，河水淌过，河底会露出宝石的。

孤身一人在异国他乡，我就像参与了一场超困难模式的冒险。没有社会经历、没有朋友亲人、没有超强的语言能力，站在今天回想过往，仅仅凭借的，似乎是孩子般天真而无畏的勇气。

我从未否认过自己的幸运，但幸运之外，也想给大家分享一些在英国求学的经验和方法。这些认知问题的底层逻辑和解决问题的方法论，是我今天依然在使用，并且行之有效的。

如果对它们进行划分，我会把它们分为三类：

- 如何打破认知壁垒，学会从新的角度思考传统问题。
- 如何优化学习方法，提升吸收知识和自学的能力。
- 如何突破自身局限，搭建社会资本网络。

我会在后续的篇章中详细讲述我是如何通过自己的努力，从一名“差生”变成“优等生”，并成为牛津大学的一名学生。

听起来有些“凡尔赛”，但我相信，在学习这条路上，大家遇到的都是共性的困惑，希望我的经历可以给大家提供一些参考，这就是我再开心不过的事情了。

9岁的小小留学生

不做井底之蛙，需要勇气，更需要智慧

很多人觉得这似乎是一件很荒诞的事情——一个9岁的孩子，竟然独自漂洋过海去留学。

我在向别人讲述自己的经历时，常常被问到这个问题：你怎么敢呢？

是啊，现在回想起来，我也觉得所有的事情就像是一个关于冒险的梦。可能是因为孩子什么都不怕，所以孩子往往都是最“敢”的。

未知却可想象的奇遇，是青涩又甜美的果实。对于一个孩子来说，他一旦拥有最无边无际的想象力，也就拥有了“重生”的机会。

当然也可能是因为父母的离异让我潜意识里想要逃避，也可能是因为我的心底里从来都不相信自己会止步于一个“差生”，9岁的我，对在新的国家、新的环境下的新人生，是无

比期待的。

但事实总是残酷的。小学英语成绩曾经拿过45分的我，刚到英国，就被分到了最后一个班。新手村并不那么好闯，更何况我是新手中的新手。

与此同时，我也渐渐地形成了一个观念，这个观念并非当时就能清楚地认知到的，而是回看当初的做法时我总结归纳出来的。甚至那个时候的我并没有意识到，自己已经在努力通过这样的方式获取资源、提升自我了。

这个观念就是：将自己视作一个**社会化节点**，再去具体地实践和学习。

怎么理解这句话呢？人文地理学中曾提到，我们每一个人的社会资本和社会位置都是动态且多变的。如果说社会是一张无形的网，那俯瞰下来，我们每个人都是其中一个会移动的小点，当我们与他人建立了联系，就会形成一条线。随着社会经历越来越丰富，我们连接的点就会更密集，形成的网也会更大、更结实。

这张庞大的网，我们通常称其为“社会资本网络”。我们人生的每一步，其实都是在为搭建这张网而付出努力。

它并非很多人理解的功利性的网。“一个人能否成功，不在于你知道什么，而在于你认识谁”，这句话有一定的道理，但并不全对。社会资本网络错综复杂，“认识”和“认识”之间也会有天壤之别。

比如在孩子们的成长过程中，理想职位通常会受到身边人的影响。较为优渥的家庭环境让我的起步很幸运，不仅有物质上的，也有精神上的。从小我就可以看到母亲和她优秀的女性朋友，有人辍学后成功创业，有人成为优秀教师，也有人安于家庭主妇的生活。她们身上充沛、多元的力量，让我了解到了女性丰富多彩的可能性。

而且，在看到周围的很多同学可以凭借自己的努力，考进市级重点学校后，我也会深刻地自我反省，甚至为了证明自己，想要独自去到英国重新开始，证明自己也有从 0 到 1 的能力。

利用好自己的社会资源，使用好自己的社会资本网络，可以帮助我们更快地突破当下认知的局限性。

就像那个井底之蛙的故事——

当我们不觉得自己是一只青蛙的时候，世界就是头顶的那一小片天空。

而当我们意识到自己就是那只青蛙时，世界就是井外的广阔天地。

我们唯一需要做的，就是想办法从井里爬出来。

突破学习英语的困境：

学习是世界上最公平的事情

我始终认为，学习英语是那把打开我学习之门的钥匙。

初到英国，语言不通是我遇到的最大的障碍。由于语言是生存的第一要素，所以我没有办法像之前在国内时一样“任性”，只能硬着头皮学英语。

由于英语不流利，导致我很难在学校里交到朋友。所以我很注意观察在课间休息时可以和谁说话，没想到最后发现最适合“尬聊”的人竟然是我的值班老师。

在多次对话后我发现，英国人聊天时原来有一个经典的“三部曲”。

首先，用天气来打开话题。

其次，客气地问候对方最近怎么样。

最后，礼貌地询问对方本周末的安排。

固定的聊天模式，在有些人看来可能有些客套和无聊，但对于当时语言不通的我来说，简直就是天降甘露。在反复训练后，这种“死板”的对话场景，让语言不通的我顺利结识了很多新的小伙伴。

此外，我也发现，引导是一件非常重要的事情：**把对方变成对话的主角**时，他们都会很愿意与你继续分享。

放学后，我会厚着脸皮挨个拜访好心的邻居。细心的父母为我准备了很多有中国特色的小礼品，这让我每周都可以找不同的邻居练习对话。

我的邻居很多都是退休的善良长辈，他们幽默、有耐心，对小孩子相当宽容，并且有充足的时间。跟他们的交流，让我慢慢了解了英国的社会文化，同时也可以使用英语跟同学们顺利交谈了。

这段经历，让我意识到大胆与人交友、与人发生连接的重要性，更让我意识到，**主动争取并愿意为自己发声的人，往往会很快被注意到。**

小学五年级的时候，我成为校长办公室的常客，每个月在固定时间主动与校长和年级主任聊天。在后来的很长一段时间里，我一直受到学校的关注，获得资源上的支持，这让我觉得很荣幸，也庆幸于当初自己的主动。

最重要的是在学习英语的过程中，我认识到了一件事：学习是世界上最公平的事情，所有的付出和努力，都会得到正面的回报。

这对于我来说，简直就是开启了新世界的大门。要知道，此前的我一直以为学习能力是“天注定”的，但通过学习英语，我打破了这样的认知壁垒，开始真正正视自己了。

就如同前文中所提到的，我从固定型思维转换成了成长型思维。

学习其实是没有捷径的，只是因为有些人提前掌握了方法，才会进步神速。所以，这个世界上并没有“不是学习这块料”的人，而是每个人都需要找到最适合自己的那块“料子”。

虽然我真正地“战胜”英语口语，花费了长达一年半的时间，但在迈出舒适圈的第一步时，我欣然地选择接受挑战。

在接下来的日子里，我愿意和敢于突破自己，并且相信自己。

敢做梦的孩子：

最不可能实现的梦，也会因计划而实现

我很喜欢一句话：这个世界上所有伟大的事，都是由那些“敢做梦”的人实现的。

同所有望子成龙的父母一样，母亲曾在我小学三年级的时候就对我说：“牛津、哈佛，你选一个吧！”

由于受固定型思维的影响，虽然当时我笑着答应了母亲，但自己心里清楚，这根本不可能。

因为觉得不可能，所以不会想要去实现。

我真正开始对牛津产生“妄想”，是在 2012 年。

当时我在网上看到了郎朗在牛津辩论社的表演与演讲。这让我知道，原来辩论社每周都会迎接全球各地的领袖和名人做分享。

从那一刻起，我就开始期待自己有一天能够以学生的身份，近距离地接触这些偶像级人物。

那时的我怎么也不会想到，后来我不仅成了一个“牛津人”，还成了一个“牛津辩论人”，踏入了那个从来没有过华人女性的百年辩论社。

如果说牛津大学在地图上是一个遥远而神秘的宝藏，那么我要在 11 岁到有资格报考牛津大学的这六年里，跋山涉水、不畏艰苦，才能抵达这个地方。

接下来，我会分享自己制订的六年计划，详细拆解计划的每一个步骤。大家在实际操作的时候，可以参考这些模式和方法，并结合自己的情况，制订属于自己的学习、工作计划。

目标规划是一种可以养成的技能，因为基本的逻辑是固定的，只是在执行中，大家需要摸索出最适合自己的方法论。在我攀登人生中大大小小的里程碑时，每一次都依靠了“目标分段计划法”。

从大方向来看，它分为两个步骤。

第一步：在认清规划后，识别并提炼出短期、中期、长期的工作线和目标。

工作线

长期：是在固定时间点需要达到的成绩。通俗来讲，就是“我要达到什么样的分数”，它是一个硬性的指标。量化这个工作，需要有效的信息获取。通过网上搜索和与老师的对话，我很快就明确了获得牛津大学面试的硬性指标——这包括了初中（8个A⁺）与高中（A⁺AA）的成绩、申请文书和学科加试。

中期：主要是要持续性地拓展自己的能力和思维方式。通俗来讲，就是“我需要具备什么样的能力”，它是一个软性的指标。虽然任何学科只要考高分就可以拿到面试资格，但这并不意味着通过海量刷题就能拿到A⁺的成绩，更重要的是考验我的逻辑能力、思维方式和对专业科目广度与深度的了解。当然，我也必须从13个科目中筛选出自己最终想深度研究的专业。

短期：主要是要在日复一日的学习中，找到适合自己的学习方法。

目标

长期：确定目标的硬性指标与时间节点。

中期：计划如何实现目标所需技能的工作线。

短期：把中期计划分解成每日计划，循序渐进地找到适合自己进步的方法。

第二步：在制订好分层次的目标后，在日复一日的执行中，根据自己的完成情况和现实状况，有针对性地调整自己的规划。

在这个过程中，我们会发现，这里需要的是了解自己，以及提前想清楚自己想要实现的目标。但一个人的状态会随着自己和社会的发展而改变，所以，再明确的目标也必须经过短期、中期、长期的评估。

我的调整节奏为：

每个月，我要盘点现在的学习或工作方法是否有效，评估自己这一个月的进展。

每半年，我需要更大方向地评估自己技能的提升，是否达到目标时间线。

每一年，我会审问自己对长期目标的确定性。

总结来说，任何目标都需要顶层框架和可落地的计划，随着目标的推进，要及时纠正修改。这种持续改善，需要的是对这个瞬息万变的宏观世界的正确认知和一颗时刻觉察的心。

在确定了分阶段的目标后，我更加重视每一次的测试。那些同学不在意的小考和期末考，都成了我定期评判自己学业进展的重要节点。

除此之外，我还有两个很私人的经验分享。

（1）利用假期整理学过的知识点，重视复习的效率

每个假期，我都会整理好上学期的所有知识点，让考试前的复习更加高效。这就避免了在真正的复习期间，我因为需要整理笔记而没有足够的时间来消化和应用知识点的情况。这不是一个轻松的过程，毕竟距离考试可能还有 10 个月，在还有假期作业和其他课外活动或者只想好好放松的状态下，我们很容易丧失自主复习的动力。

因此，一个平衡的规划就变得更加重要。在假期前几天高强度地完成假期任务后，就会很快地减轻负担，接下来的每一次自主复习都属于加分行为。当然，这并不是让我们松懈，而是有计划地安排学习、放松和锻炼的时间。

（2）提前考试，给自己充分的机会

当我们捋清未来的学业时间线后，我们就可以掌握那些必将发生又意义重大的考试时间节点。提前考试并不是“神童”的出路，而是给自己多一些试错的机会。我也曾因为“状态不

好”而考砸，所以多一次练习就会多一份保障。在初中时，我提前一年考了数学和法语，心中打的算盘便是如果法语口语考砸了，明年会更有自信。同时，提前考试也让我得以学到更多的科目。在高一那年的夏天，我提前拿到了三个 A⁺，在大学申请中再也没有了分数线的担忧。这让我离牛津梦的实现更近了一步。

综上所述，这一节内容主要想分享的是，**我们可以通过分析任务、提炼长短期工作线和目标的方式，帮助我们把一件复杂的事变得“简单”，把一个宏大的目标变得“具体”**，以便提升行动力和实现目标。

很多人认为，实现梦想的人往往是依靠运气。但从我的经验来看，运气往往是灵光乍现。真正帮自己实现目标的，是对目标进行合理拆分的计划和一往无前的执行力。

我们常把老师视作权威。老师在知识上的权威性毋庸置疑，但并不需要将老师授课的内容奉为圭臬，只有把老师视作学习的客体，成为帮助我们的元素，我们才能够更好地利用提问，寻求到老师们的帮助。

02

优化学习方法，提升自学能力

多线程高压学习：

专注力，考验的是方法而不是态度

有人说，真正的“学霸”不一定是那个学习时间最久的人，但一定是学习时状态最专注的人。

虽然比起一些“大神”我还是有差距，但我的确认为，在系统的长期学习中，“专注力”是非常重要的一项能力。

提升专注力的前提，是清晰而明确的行动目标。

对于我而言，父母不在身边，又身在异国，面临的挑战和困难数不胜数。但幸运的是，从 9 岁到 18 岁的那 10 年，是我目标最清晰也最坚定的 10 年。因为在长期的学习中，所有学习的最终指向都是围绕“进入牛津大学”这个目标来进行的。

一方面，我需要在学业上全力以赴；另一方面，我需要在乐器、运动和业余爱好中提升综合素质。

野心很大，事情很多，时间有限。当长期、高效的专注力成为完成目标的关键，考验的就不只是认真专注的态度，而是如何持续专注的方法。在此后的学习和工作中，我经常会遇到时间紧迫的问题，那几年的学习，从两个方面帮我练就了保持专注的能力。

第一，管理自我的精神状态。

高压之下，专注学习的基础是一个可以良性循环的精神状态，毕竟“状态→效率→效果→状态”形成了我们行动的完整链路。

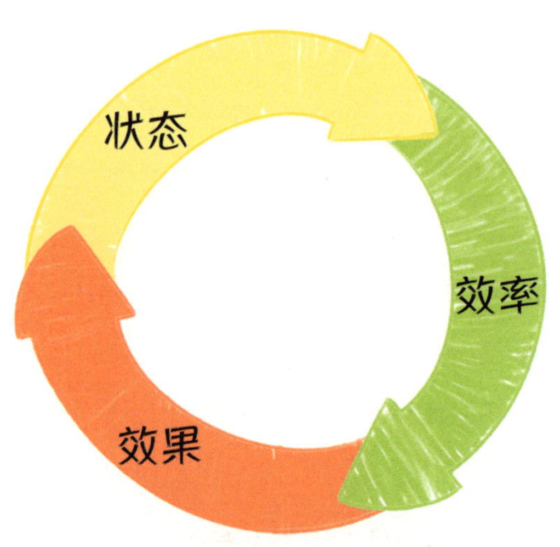

状态、效率、效果循环图

状态取决于生活的节奏和心态
效率取决于学习方法，但需要好的状态来配合
以上两者结合，就会有出色的效果

复习虽然会有快感时刻，但更多的时候是乏味和重复的。这种日复一日、无止境的准备工作很容易让人失去动力，降低学习效率。因此，每天给自己制造正向的奖励（休息时间）是必要的。请注意“正向”二字，这里指的是全方位、可持续性的状态。当奖励时间结束后，休息过后的大脑可以重新开始。因此，我并不建议通过看剧和打游戏来完成休息，因为在结束看剧和游戏后，人的大脑并没有得到充分休息，依旧处于亢奋状态，这让人很难全身心投入到之后的学习中。

人在中学时期会更容易养成适合自己的“放松习惯”。中考前，我养成了高压时期每天越野跑至少 20 分钟的习惯。在这期间，我会屏蔽所有压力，专注于大自然和跑步。越野跑时会经过很多泥泞的道路，跨过这些难走的路，会让我有一种收获的快感。

很巧的是，中考和高考前我都恰好碰到省里举办越野跑比赛。考前准备和赛前准备很相似，都是一个人的战斗，时而孤独，时而兴奋。在约克郡跑步时，我被野狗追过，然后在森林里迷路，满脚是泥，最终依靠自己完成了比赛。越野跑不仅让我每日的压力有所释放，同时也锤炼了我的心智。

以下是我在人生不同的阶段选择的每日正向调节方法，供大家参考。

人的情绪就像一根皮筋，需要拉和扯。放松后，也需要“提提劲”。因此，除了学会让自己把心态放平，我也会制造一些危机感。危机感会让我们更专注，进而提高行动力，也会帮助我们更快速地判断，什么是当下最重要的事情。

第二，学会为事情排列优先级。

除了在状态上提升危机感，我往往会通过“紧急”和“重要”这两个维度来衡量事情的先后次序，把手头的事情按照“优先处理”“未雨绸缪”“避免发生”和“尽量减少”这四个次序来分类，依次解决。

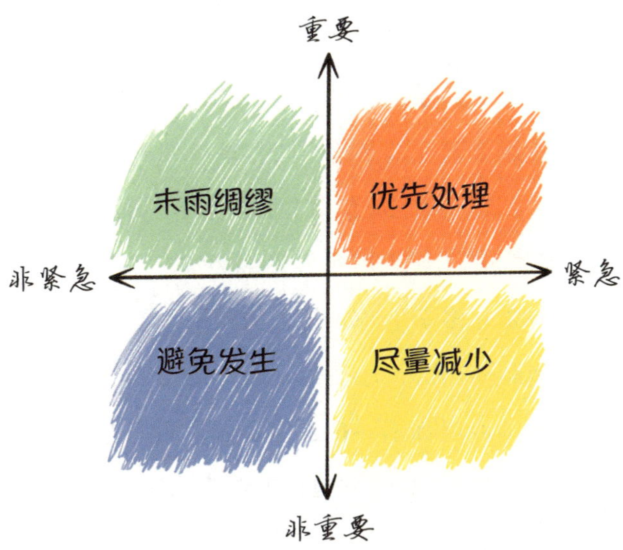

此外，在学习上，我还有一个保持专注的好方法，那就是利用好“复习的力量”。

首先，对于高中前更多依靠记忆力的考试，我都坚持用活页文件夹（binder）来整理笔记。文件夹中，最重要的就是每单元的隔板，它这可以把三年中累积的知识细化，变得不再可怕。更重要的是，每一个单元的前几页会总结老师提到的基础知识点和重点。

在有限的上课时间内，老师自然无法深度讲解所有知识点，所以我们在复习中需要把课本读透，翻看课外书以及此类内容的网络视频，多做题。实际上，做题是全球学生的“通行证”，它的好处在于可以参考不同考试区域和时期的题目。所以，多做题并不是一件“应试”“死板”的事情，反而是提高学习效率的重要方法。

考进名校是很多学生的梦想，从我个人的观察来看，在众多的学子中脱颖而出的，往往不是天资最聪颖的那一个。虽然每一个人胜出的原因都不一样，但我相信再“平凡”的人，只要够用心，够专心，一定会在自己的赛道上发光发亮。

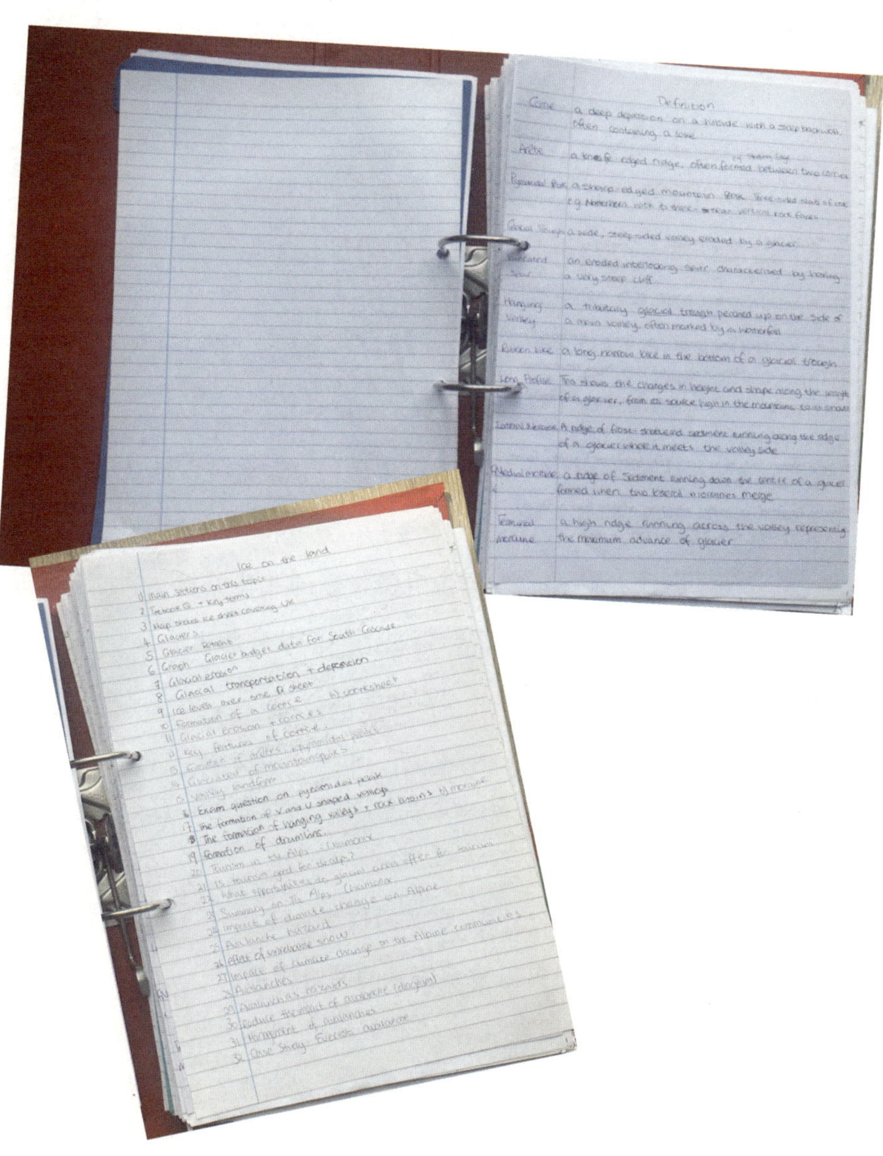
Definition
a deep depression on a hillside with a steep backwall often containing a lake
Arête
a knife edged ridge, often formed between two corries
Glacial Trough a wide, steep-sided valley eroded by a glacier
an eroded interlocking spur characterised by having a very steep cliff
Hanging Valley
a tributary glacial trough perched up on the side of a main valley, often marked by a waterfall
a long narrow lake in the bottom of a glacial trough
Long Profile
This shows the changes in height and shape along the length of a glacier, from its source high in the mountains
of a glacier where it meets the valley side
a ridge of sediment running down the centre of a glacier formed when two lateral moraines merge
a high ridge running across the valley representing the maximum advance of glacier
Ice on the land
1) Main sections on this topic
4 Glaciers
5 Glacier Retreat
6 Graph Glacier budget data for South Cascade
7 Glacial erosion
8 Glacial transportation + deposition
10 Formation of a corrie
16 Exam question on pyramidal peak
17 The formation of V and U shaped valleys
18 The formation of hanging valleys + rock basins b) moraine
19 Formation of drumlins
24 Impact of climate change on Alpine
25 Avalanche hazard
27 Impact of climate change
28 Avalanches
30 Reduce the impact of avalanches
32 Case Study Everest avalanche

北方落后的教育：
资源有限，如何实现“逆袭”

很多人认为，我从小就在英国留学，考取名校自然就变成了一件更容易的事情。

但事实并不是这样。外国人身份带来的文化差异、学校的升学率、所在的城市等因素都会带来不同的优势与劣势。

想要拥有主动权，我需要付出更多的努力。

努力的第一步，就是要改变信息差带来的劣势，打破信息壁垒。

为了实现这个目标，我需要做两件事：现实中，提升主动沟通的能力；拥有一个可以检索信息的网络设备。

英国的南、北区域发展存在不平衡的问题。经历过工业发展的风光岁月后，北部地区的整体经济逐渐在走下坡路，人才、资源、机会都集中在南部的伦敦周围。

起初，我选择在北方学习是不希望在充满“诱惑”的环境中学习，北部的学校还可以帮我节省相较于南部学校近五倍的学费。但当我在网络上检索学校排名和相关信息后，我意识到我就读的这所中学在升学上存在巨大劣势。

如果说考取牛津是大家在一张牌桌上打牌，那我拿到的，可以说是一手烂牌。

如果拿不到更好的平台和教师资源，我还能怎么办？英国有一句谚语“big fish in a little pond or a small fish in a big pond”，翻译为汉语，类似于“宁当鸡头，不做凤尾”。这句话给了我明确的方向：与其在竞争激烈的顶尖学校被埋没，不如吸纳现在的学校可以给我的全部资源。

就这样，我开启了人生中第 N 次与学校老师的“谈判”，即通过一次重要的对话来获得我所需资源的通行证。

在与高中主任“谈判”前，我先利用网上的信息分析了申请牛津、剑桥的关键评分点，并分析了我个人的能力和需要学校提供的帮助。

牛津、剑桥申请关键步骤	自我评估	需要学校提供的帮助
初中至少 8 个 A⁺的成绩	中考前，预测是 13 个 A⁺	✓ 教师水平足以让我在初中各科拿到 A⁺
高中至少 A⁺AA	在我能力范围内，但高数和经济是我将学的新科目，不敢确定自己是否能发挥能力	× 按照历史成绩，地理、高数、经济每年 100 名以上的学生，平均出 0～2 个 A⁺。教师资源和教课方式需要调整
大学申请文书	我有能力写出优秀文书，但需要前辈进行最终修改和引导	✓ 过往 10 年，有 2 名本校女生被牛津、剑桥录取，教师水平应该可以 × 需要探索学校外的资源，争取其他老师可以帮我审核文书
推荐信	按照目前我的在校成绩，我相信会得到很好的推荐信	✓ 每年平均 0～2 名学生考进牛津、剑桥，找对教师应该没问题
牛津大学加试（逻辑思维考试和论文）	过往的逻辑思维考试表现优秀，但需要尝试牛津的试题与论文才可判断	× 学校无法提供这项帮助，我要通过网络现有资源来自学
最重要的 2 天面试	目前不确定也不自信，想想就很紧张	× 学校无法和排名较高的学校对比，没有牛津毕业的导师，只有 1～2 次面试培训远远不够

以上，是一个经典的红绿灯问题分析表。可以明显地看出，学校出色的地方会直接影响我在此领域的成功。不过，对于未知的领域，学校的帮助非常有限也充满不确定性。我必须在接下来的谈话中，把红灯转变成绿灯。

谈话时间是周四的一个晚上。我紧张地走进了高中生大楼，轻轻敲响了主任办公室的门。

为了避免显得有攻击性，我先是选择以母亲一定要让我转学为借口，把自己对学校的顾虑从她的角度说出来。作为学校的重点培养对象，年级主任在安慰我后，主动答应给予我无限的模拟面试及私下让老师免费给我补课。

这次主动谈话，帮我解决了重要的资源问题。同时，也提醒了我培养“向上管理”的能力，实际上，更多的是寻求帮助的能力。

做事不能一个人闷头解决，而是应该从多个维度想办法。这是我从很小就意识到的，这种思维，又一次帮助了我。

经此一役，我成功变成了“小池子里的大金鱼”，下一步就是通过网络寻求外界的帮助。

我并不建议每一个人都用同样的方式获得新的教学资源，

但是理性分析问题本身、自我优势和缺陷及学会向上管理，打破资源限制，这些都可以更有效地让我们看透问题的本质，找到解决方案。

除了获得学习资源的支持，想要追平差距，还需要提高自学能力。

在具体的学习中，自学能力集中体现在“信息搜集能力”和“提问的能力”。

首先，在搜集信息上，我选择利用休息时间，拓宽自己获取信息的渠道。

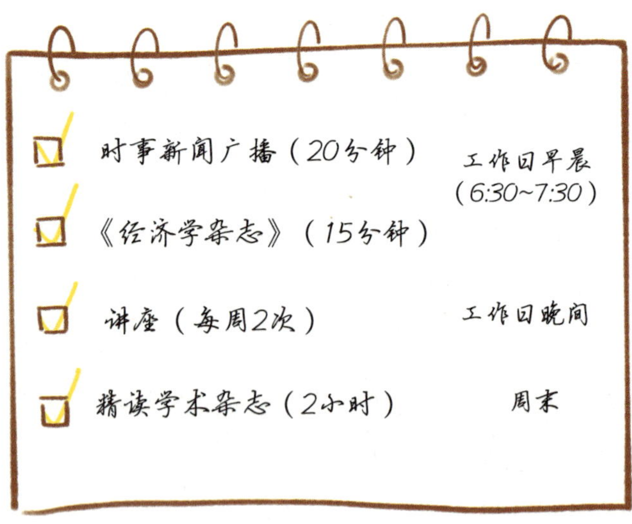

而线上讲座和看学术杂志，丰富了我的知识理论的深度。在这样的补足下，我可以了解时事和当今学科的发展趋势。同时，这也可以让我在论文答辩时，提供更新颖和独特的案例。

其次，我们可以主动提问，利用好自身的影响力，让资源“以我为主”。

提问题的方式一般分为两种，第一种是为了“补足老师没讲到的地方”。

很多老师会习惯性地把知识点从课本中搬到黑板上，但实际上，他们的解释过程并不那么清晰。这就导致我们在学习上会存在很多“灰色地带”，复习起来反而像在重新学习，费力又费时。在这种情况下，我会在课堂上向老师们提出问题，要求他们讲解得更清晰和具象。比如，在宏观经济课堂上，我并没有直接理解需求的价格弹性，所以就向老师提出是否可以用举例和画图表的方式来更好地解释这个概念。

第二种是为了“提升老师授课的知识连贯性”。

有些老师备课时局限于书本上的知识，所以深度的知识板块是不连贯的，这会导致我们在分析问题时欠缺广度与深度。在人文地理中，我们经常会用到台风卡特里（Hurricane Katrina）作为社会不平等的案例。地理老师会给出当时的很多数据，但并没有揭露美国政府潜在的权力结构、腐败模式和未被观察到的不平等。所以，我必须一次次地追问导致这些不平等结构的问题，通过我的提问，来“倒逼”老师深挖知识之间的潜在联系。

我们常把老师视作权威。老师在知识上的权威性毋庸置疑，但并不需要将老师授课的内容奉为圭臬。毕竟，老师也是跟我们一样的人，是人就会有缺陷、有不足。

只有把老师视作学习的客体，成为帮助我们的元素，我们才能够更好地利用提问，寻求到老师们的帮助。

无论是寻求帮助，还是自主学习，实际上，当我们在学习资源有限的时候，就要利用好自己的“起跑线”，迈出适合自己的步伐。

判断的技巧：

提升自我认知能力，把力气花在“刀刃”上

进入牛津后，我逐渐发现自己的核心竞争力是学习能力、跨跃性思维和共情能力。相较于很多人，我比较幸运的地方可能在于 19 岁时就认知到了自己的核心竞争力。

回想起来，这要感谢我从小频繁“做判断”的经历。

英国的中学学习需要自己选课。实际上它就是一个进阶的过程，会让我们评判当下的能力，并思考未来的学习。这个过程，会锻炼学生主动、独立思考的能力。

很多时候，小孩子容易在“别人家的孩子”和“我们都是为了你好”这样的话语压迫下，丧失主动思考能力。这对于提升孩子的自我认知，并以此进行决策和判断，没有太大的帮助。

早年的独立生活经历，迫使我被动地提升了为自己做决策和规划的能力，也帮助了我在中学学习的课程中，更高效地完成与个人情况适配的“选择”。

我的高分秘诀是，选择学科时，如果能达到以下中的任意两项，那总成绩一定会拿高分。

- 容易拿高分的：复习时间和成绩回报率最高的。
- 感兴趣的：上课时最感兴趣的。
- 未来有用的：就业和对未来规划有直接帮助的。

英国初中有4门选修课，高中只学3门，大学专修1门科目。我在每一个阶段都比同龄人多选了3～5个科目，一是想给自己更多的可能性，二是每个科目都给我带来了不可估量的价值。

我钟爱图表分析，因为它能让我在最短时间内分析出利弊。下面的表格是根据我当时的选课经验填写的。起初做选择时，我也不能百分百确定学科分组的准确度。

	容易拿高分、感兴趣的	容易拿高分、未来有用的	感兴趣的、未来有用的
关键点	进最高学府的过关项	就业领域会有优势	与时代连接，选择对的赛道 因为有兴趣，可能会成为行业的洞察人、领头人
主要学科	地理	数学、高数	经济、金融
给我带来的价值	对社会与环境的深度见解，从不接受黑白事实，坚信批判性思维	每次面试和申请时所需要的技能	地理经济与地理政治所需要的知识点 从事金融工作和投资的必需品
最终结果	牛津大学地理系最高荣誉毕业生	数学提前一年高考 A⁺ 高数 A⁺，多项满分	全 A⁺，但过程最艰难，因为从 0 开始学习，需要在一年内掌握基本功

我会分享思考的过程，虽然在具体的情况上未必具有普适性，但会有一些共性的规律，希望可以帮助大家做出自我选择和判断。

选择最擅长的考试方式

我很早就确定了地理和高数是我擅长的学科。初中和高中地理考试需要的是记忆力，高数则是靠刷题能够勤能补拙的学科。

在国内学习时，课文背诵、奥数课和记忆课都给我打下了坚实的“背诵基础”。留学的前两年，为了克服英语上的困难，每天背诵15～30个单词的学习经历，也锻炼了我的背诵能力。

我一直认为，“擅长”并不是与生俱来的天赋，而是通过后天积累习得的方法。当方法够纯熟，就成了“擅长”。

依靠记忆力和刷题的技能，我提前一年拿到了初中法语的 A^{+}。但在高中时期，我却遇到了学习上的困难，仅仅为了克服英语上的障碍，就已经花费了非常多的精力，如果再加上法语的负担，会影响到我其他学科的学习时间。因此，虽然初中法语成绩很不错，我还是在一学期后果断放弃了这门学科，选择用更多的时间专注于其他科目。

如何衡量“热爱”

很多长辈会给予晚辈这样的建议：做你热爱的事。

但实际上，寻找到热爱所在，往往可能比拿到一个好成绩更加困难。我的经验是：**多观察和理解自己**。

工作后，在我转行做投资人时，这家公司的第9轮面试是与“领导力培训专家”进行谈话，她在两个小时的聊天中突然问我“此时此刻，你有什么样的感觉”。这位面试官提到，自我了解和与他人产生情感共鸣是评估领导力的重要因素，而很多人其实对自己当下的心理状态是麻木的。

回到学习的话题，在学习上，找到“热爱”其实是有清晰的衡量指标的：

- 你认为此学科知识的重要性（对于你和社会）。
- 你对授课老师的看法与关系。
- 在课堂上的快感。

第 3 点尤为重要，能否在课堂上收获快乐，视每个人自身情况而定。我在中学时，很喜欢研究大自然，比如了解火山爆发的原因等。给我们教授课程的老师非常博学，因为会被随机提问，每次我都很期待他的课堂。

上大学后，我更喜欢老师的输出。因为他们的思考方式和看世界的层次，往往可以让我把看似分离的知识体系连接在一起。在这样的环境下，我对马克思主义地理学[1]和女性主义地理

1 马克思主义地理学：批判地理学的一个分支，用马克思主义的理论和哲学来检验人文地理学的空间关系。

学[1]产生了兴趣。

随着认知的扩大和环境的改变，我们的“热爱”也会进化。只有随时对自己的兴趣保持洞察力，才能持续为自己的“热爱”燃烧。

明确自身优势与劣势，并加以利用和补足，是我学习过程中的重要发现，也是我认为会获益一生的认知宝藏。在这个过程中我可以以自己为尺子，去丈量这个世界。

有人说，成为一个全能型人才，并非需要每一个项目都百分之百擅长，而是需要很强的学习能力、自我分析能力和主动性。

所谓“条条大路通罗马”。在通往罗马的道路上，我期待把条条大路看一遍，然后选择那条属于自己的路。

---

1 女权主义地理学：人文地理学的一个分支，将女权主义的理论、方法和批判应用于人类环境、社会和地理空间的研究。此分支学科是将种族、阶级、能力和性取向都纳入地理研究的范畴内，是一个一直备受争议的学科。

人们常说，选择是一门艺术，究竟是一门什么样的艺术，可能需要我们去探索。但是在选择的过程中，热爱、自我、现实，缺一不可。我相信，当拥有勇气探索热爱和可能性时我们会更“懂得”自己。

03

突破自身局限，搭建社会资本网络

选择的艺术：

为何放弃经济，选择冷门的地理

本科阶段，我在众多专业中选择了地理学。

很多人或许会不理解，毕竟相比于经济学这样“前途光明”的学科，地理学并不是一个大家认知中的“好专业”。

高中时期的学科选择，让我的专业选择范围比较广，经济、金融、数学、地理学和法律都是我的可选项。在这些选项中，地理学是最不直接导向就业的学科，换句话说，就是就业最难的学科。

其实在我看来，大学选科和高中选课的逻辑都是相同的，需要有一个明确的价值排序。

在我的价值排序里：学习本身的初衷与热爱 > 学科的发展前途 > 未来的就业方向。

是否热爱这门学科

- 大学3~4年的状态（心理状态+学习能力）
- 最终以最高荣誉毕业

学科的发展前途

- 要和全球发展息息相关
- 要给社会带来价值
- 是一门不断发展的学科（这意味着你有机会成为新理论的提出者）

未来就业方向

- 调查了解学长、学姐们在短期、中期的职业发展情况

VS

自己的理想

观察两者之间的匹配度

- 能否提供更多的就业岗位

在做出选择前，我按照以上的排序进行信息搜集，对自己的选择进行了一个更全面的分析。

我主要做了两件事：

第一件事，阅读学校推荐书单，明确兴趣所在。

牛津和剑桥每年都会公布各个专业的阅读推荐书单。只要我肯花时间，就可以提前深层次地了解大学专业知识，并且从中感受自己对专业知识的兴趣。那对于专业知识感兴趣后，如何以最快的方式掌握书单呢？在此，我很感谢牛津出版社的通识读本（A Very Short Introduction）系列。它是口袋大小的入门书。书虽小巧，但会从各方面对某学科的重要领域进行详细讲解与分析。这让我在时间成本最低的情况下，获得了对专业广度的了解，引导了接下来我读书的方向。

经济学的牛津通识读本讲解了经济学理论的历史和学派，这本书很直接地增加了我对经济的理解。不过，地理学的牛津通识读本完全颠覆了我对这门学科的认知。

在人文地理中，空间、时间、地点和规模是重要的思考框架和维度。从宏观的经济体系、主权国家的成立到微观的人与家的关系，地理给了我很多从未拥有过的思考方式。同样，牛津的地理专业申请者需要对自然地理和环境地理有自己的认知和观点。

我发现，地理吸引我的是它的实时性质。在全球气候的大变化下，通过地理了解其背后的科学及解决问题的方式，让我可以更进一步观察生活大环境的关系链和发展趋势。作为一个对生活和现今社会充满好奇心的人，我对自然地理的无穷可能性，也充满了好奇。

最重要的热爱，我找到了。这也与我从 9 岁开始留学的经历息息相关，从小在不同文化环境中成长，地区的不平等发展性、人文特征以及气候变化都深深地让我着迷。

这个从人出发到宏观系统的学科，塑造了我认知世界的方式。

在选专业时，我做的第二件事是**明确学科发展的前途和就业趋势。**

意识到地理学的广泛性后，我就认可了它多元的学科价值。从传统的城市规划到棘手的气候变化，地理学与现实社会息息相关，这就决定了这个学科的价值不仅在未来，也在现在，不仅在学术上，也在生活中，这样的学科对我的未来无疑是有帮助的。

在就业趋势的问题上，我认为大众认知的“不好就业”可能是从单一维度导向的结果，在普华永道实习的经历告诉我，就业是多维度因素导向的结果。

高一那年，我获得了在普华永道实习的机会。实习期间，主要考核围绕着三个个人素质来进行：

- 工作的基本能力考察：主要集中于数学与文字逻辑思维能力，以及团队合作能力。
- 商业知识与见解。
- 个人魅力。

在实习中，我向前辈们询问了就业和专业的问题。

他们的回答是，对于职场新手而言，就算专业和职业对口，也不代表他们所获得的专业知识可以直接运用到职场上，聪明人可以把行业知识快速补齐。

所以，在就业这个问题上，潜力和能力是更重要的考虑因素。

同时，大学排名也是需要考虑在内的，牛津本科地理学在全世界排第一，而伦敦政经或其他 G8 大学的地理学排名并非顶尖。因此，在均衡热爱与就业前景分析后，除了牛津外，我所有申请的大学都是经济学与地理学的双学位。

在理性地总结出我的专业选择后，我必须感性地感谢我的高中地理老师。与其他老师不同，他从不会把枯燥的知识点从教科书中搬到黑板上，而是用考查的方式提问每个学生。他更不局限于高中的教课题材，而是会花时间把背后所有的关系链搭建起来。哪怕是最容易犯困的夏日下午，都很难在他的课堂上打瞌睡。

这些伯乐都是我求学路上的引路人，虽然最终的路还是要自己走，但感谢他们让我看到了这扇门。

人们常说，选择是一门艺术，究竟是一门什么样的艺术，可能需要我们自己去探索。但是在选择的过程中，热爱、自我、现实，缺一不可。我相信，当拥有勇气探索热爱和可能性时我们会更“懂得”自己。与其选择一个“好就业”的专业却在中年迷茫，不如满怀热爱，提前规划，不忘初衷地活出自己的精彩。

一篇牛津申请文书：

如何快速突出个人优势

相比于美国大学流程复杂又费用昂贵的申请机制，英国大学的申请流程简单且费用低廉（甚至是直接免费的）。在美国，每所大学都有不同的申请规则和收费标准，而在英国，只需要一篇文书，就可以申请所有学校。

因此，对于很清楚自己专业选项的学生来说，英国大学申请机制的投入回报比例是很高的。那些最顶尖的学府，并不在意你是否有参加足够多的公益活动和社团，也不在意你是否有精力参加假日助教，他们唯一在意的，就是你对学科的热爱与探索。

这种衡量标准的出发点无疑是对学术的尊重和忠诚，也使得申请文书的重要性被直线提升。与此同时，我也会有隐隐的担心——申请双学位的我，该如何在一张 A4 纸上，平衡对两个学位的表述？我又该如何通过短短的一段文字，最大限度地突出我个人的优势？

9 岁那年，我从中国来到英国。这种地理位置上的变动是我对地理研究产生兴趣的启蒙。文化的多样性教会了我不同的价值观是如何积极构建社会并塑造人们生活的。我深刻地理解不平等的存在，并热衷于探究其背后的原因。

通过阅读马克思主义者大卫·哈维（D.Harvey）的《全球资本主义空间》，我对发展不平衡的原因有了深刻的理解。尼尔·史密斯（N.Smith）的《不平衡发展》解释道："这是一种基于资本主义社会和政治建构的现象。"这让我意识到，地理不仅与我们的日常生活息息相关，而且有可能改变和改善数十亿人的生活。这启发我进行了一次以经济地理学为重点的项目调查，题目是"性别不平等在多大程度上与一个国家的石油生产有关？"我想找到解决地理发展不平衡办法的愿望，只能通过进一步的学术研究来实现。我想继续在地理领域挑战自己，为一个更平等的世界做出贡献。

在阅读《牛津通识读本：地理》时，我对瓦尔特·克里斯塔勒（W.Christaller）的"中心地理论"背后的逻辑着迷。模型方法能够展示不同聚落的层次结构，并呈现城市化的空间模式，这促使我进行了进一步的研究。通过研究我发现，像奥古斯特·勒施（A.Losch）这样的经济学家，在受到启发后，使用引力模型和网络分析构建了一个类似的表格来解释定居点的数量、规模和相对位置。我着迷于模型的魅力，其中复杂的社会过程可以通过将关键因素相互关联的图表来更简单地解释。在未来的学术生涯中，我希望结合我的地理知识和数学能力，创建更实用的模型，为关键的地理问题提供解释和预测。

我在皇室经济机构的征文比赛中进一步地体会到强烈的人与环境的互动。在回答“政府应该赔偿洪水灾民吗？”这个问题时，我利用自己的自然地理知识分析了这一灾害发生的可能原因以及对社会经济和环境造成的影响。从我的经济学课程中，我了解到防洪是一种准公共产品，政府应该通过长远考虑来分配预算，以防止此类潜在灾害。在牛津大学的地理试听课程中，我还了解到当地团体可以小规模地实施社区森林管理（CBFM）以实现自助。所有这些信息都帮助我得出了关于这个问题的整体的结论。我非常喜欢在教学大纲之外进行研究，并且我努力拓宽我的所有视野，以便对有争议的辩论进行评估并提供解决方案。

除了学术生活，我还喜欢提高其他能力的活动。作为英格兰银行举办的“Target 2.0”竞赛的团队负责人，我学会了如何以最少的机会成本做出最佳决策。我对金融业可续发展的理念帮助我获得了在普华永道实习的机会。在参加了九年的学校活动后，我还代表利兹市篮球队进一步展示了我对生活的坚定态度。对音乐的热爱使我的钢琴水平达到了八级。

At the age of 9, I migrated from a global-south NIC to a global-north developed nation. This physical transfer of place was the initial contributor to my interest in studying geography. The diversity of culture over space taught me how different values and traditions can actively construct society and shape the lives of people. I deeply understood the existence of inequality and I am passionate to pursue the reasons behind it.

By reading the Marxist D.Harvey's *Spaces of Global Capitalism*, I gained a strong insight into the causes of uneven development. N.Smiths *Uneven Development* explained how this is a socially and politically constructed phenomena based on capitalism. This made me realise that geography is not only relevant to our everyday life, but that it has the potential to change and improve the lives of billions. This inspired me to conduct an EPQ focusing on economic geography, with the title "To what extent is gender inequality linked to a nation's oil production?" My desire to find a solution to uneven geographical development can only be accomplished through further academic study. I want to continue to challenge myself in the field of geography to contribute to a more equal world.

Whilst reading *Geography: A Very Short Introduction*, I became fascinated by the logic behind W.Christaller's "Central Place Theory". A model approach was able to demonstrate the hierarchy of different settlements and present spatial patterns of urbanisation. This led me to carry out further rescarch, through which I found out that economists like A.Losch were inspired to use gravity models and network analysis to build a similar form to explain the number, size and relative locations of settlements. I was fascinated by the power of models, where complex social processes can be more simply explained by diagrams that interconnect key factors. During my future academic life, I hope to combine my geographical knowledge and mathematical abilities to create helpful and more realistic models to provide explanations and predictions for key geographical concerns.

My recent participation in the RES essay competition made me appreciate further the strong human-environmental interaction. In answering the question "Should the government compensate flood victims?", I used my physical geography knowledge to analyse the possible causes, socio-economics and environmental implications of this hazard. From my A-Level economics lessons, I learnt that flood defence is a quasi-public good and that governments should allocate their budgets by thinking in the long term to prevent such potential disasters. At a geography taster course at Oxford University, I also learnt that local groups could implement CBFM at a small scale to self-help. All of this information helped me to draw a conclusion that considers the holistic view of this issue. I thoroughly enjoyed researching beyond the A-level syllabus and I strive to continue to broaden all my horizons in order to evaluate and provide solutions to controversial debates.

Alongside of my academic life, I enjoy activities that enhance my other abilities. As a team leader at the Target 2.0 competition held by the Bank of England, I learnt how to make the best decisions with the least opportunity cost. My belief in sustainable development in the financial sector has helped me to secure an internship with PwC. I have further demonstrated my committed approach to life by representing Leeds District Netball, after 9 years of school participation. My love and dedication to music has led me to achieve grade 8 in piano.

以上是我的申请文书，在近600个单词的篇幅里，我是这样排布内容的：

- 突出个人画像，增强辨识度。
- 强调核心专业兴趣，深层展开。
- 引入对第二专业的兴趣，强调其与第一专业的关联性。
- 其他信息的补充。

第一部分，我选择突出个人画像。在众多的文书里，我需要让自己更有辨识度，让学校对我产生深刻的印象。因为要申请的是地理专业，我选择把“从小跨文化的经历与社会地理和全球化发展息息相关”这一观点，作为个人具有标志性的优势在文书开头进行强调。

第二部分，我需要强调自己申请的专业，并深层次地呈现自己对专业的学习热情与了解程度。在这个部分，我的策略是“简洁地表述、清晰地论证、饱满地期盼”。在这个部分，我没有使用深奥的地理概念，因为作为高中生，我并不具备这些知识。最重要的是传递一份真诚的热爱，介绍目前为专业已有的付出，以及对专业的期望。

第三部分，我引入了自己对经济学的兴趣，且这个兴趣是与地理学息息相关的，并举出了有力的论据，说明地理学并不是一个孤立的学科，开放性的认知会让思考看起来更延展和自由。

第四部分，我多元地展现了自己学习、实习、课余活动的经历和成就，这也可以让学校从更多维度了解我个人的更多特质。

除了结构的排布外，从实践角度来看，结构和开头永远都是最难的。首先，可以把专业的重要词汇先列出来。对于地理学来说，holistic（全面性）、access（享用机会）、inequality（不平等）、space / place（空间 / 位置）都是它的热点词。其次，列出我所读过的有用的书籍和与专业有关的经历，这样的准备工作会给我的大纲带来更多启发。

实际上，如果靠自己精心地写文书，每个学生都能从中长久受益。因为，文书本质上是展现自己对于专业知识的了解、为了专业所付出的努力及未来想深度研究的方向。英国大学普遍都会向报考生提供参考书单，我们唯一需要做的就是提前看书和总结。而在撰写文书的过程中，学生也可以进一步梳理自己的优势及对于学科的认知，这也是十分有益的。

做自己的指路人：
学会自助与求助

9 岁出国留学后，长年的他乡生活教会了我两件事：

学会寻求他人的帮助

学会不去寻求他人的帮助

这看似矛盾的两件事，但从现实角度来看并不矛盾。在达成我们目标的道路上，我们既要学会如何“寻求帮助”，即最大限度地利用身边的资源，掌握更多的信息、方法，也要找到自我分析的方法和路径，懂得做自己的“指路人”。

比如，我在申请牛津奖学金的过程中，就有过这样“过度依赖他人”的经历。

牛津大学的奖学金其实更多的是一个噱头，因为它给予的帮助并不多。它的分类很有趣，由于都来自校友捐赠，所以会有指定的学科或国籍限制。作为中国国籍，我申请的西蒙·李俊奖学金（Simon and June Li Undergraduate Scholarship）对很多中东和亚洲国家的学生开放。除了家庭收入，奖学金的筛选标准取决于成绩单、文书和推荐信。

对于我来说，前两项指标都符合的情况下，只要文书和推荐信合格，奖学金基本就十拿九稳了。

文书方面，我在一次家庭聚会中遇到了一位专业帮助博士生申请赞助的导师。在她的帮助下，我修改了8轮文书，得到了众人的一致认可后，这一关过了。

万事俱备，只差推荐信，我找到了高中部主任。她所写的大学推荐信让我成功进入牛津，所以这关更不需要我的担心了。申请结束期在2月末，最终的通知会在4月公布。一切准备就绪，只需等待好消息就行了。

但意外的是，我一直没有收到相关的通知，直到5月时去咨询了相关负责人才得知，我的申请并没有完成。我的第一反应是，系统是不是出现了问题？答案却是我的推荐信没有按时上交，所以没办法完成奖学金的申请流程。这个消息让我大吃一惊，因为年级主任当时很愉快地答应了我的请求。思来想去，只能是因为事情堆积如山，她忘记了这件事。

这件事让我又一次警醒：**任何时候都要给人生留出余量**，很多我们以为已经笃定的事情，我们以为已经有确切结果的事情，都有可能会出现意外。不要过分地依赖他人，尤其是不在本职工作内的要求。如果意外发生，更要放平心态。

要学会把握求助的“尺度”，是我在这件事上学到的一大课。

但是我们也不能因噎废食，还是要学会如何向他人求助，毕竟这个世上的很多事不是靠我们自己就能完成的。

这里我想分享的，是自己选择学院的经历。

传统是一把双刃剑，它意味着沉淀，也意味着难以改变。因此，它既需要被尊重，也需要被推翻。牛津、剑桥这种百年的学府传递着让人向往的传统与独特的文化。比如，每晚 35 元人民币的学院晚宴，学生们可穿着正装在学府上享受米其林大厨提供的美食。可同时，又有很多传统跟不上现代社会中更公平的发展。这类的不公平，往往体现在申请期、小课堂与毕业考试中。

在认知到申请学院的重要性时，我还在读高一，距离申请期还有半年的时间。

高一	4~6月	选专业
	暑假	选大学，写文书，选择牛津学院
高二	9月中旬	提交大学申请
	开学	准备牛津、剑桥的加试
	11月	参加加试
	10~12月	准备面试
	12月上旬	获得牛津面试的机会（只有1~2周的准备时间）
	12月中旬	参加为期2天的面试
	1月	拿到有条件的录取通知书（conditional offer）
	6月	参加高考
	8月中旬	拿到高考成绩，终于可以顺利进入牛津啦！

牛津、剑桥的授课制度是大课加小课，小课由导师单独“1v2”进行授课。所以小课的导师会慎重地挑选自己的学生，在入学申请时就进行面试。一个系里的学生是由不同学院的导师决定并拼凑在一起的。无论多么标准化的流程，不同学院的文化和历史都会不同程度地影响着每一个申请者。

牛津面试靠运气，但运气往往青睐的是做好充分准备的人。比如，我对申请可能出现的“差异化变量”（可能产生不公平的部分）进行了分析和研究，我得出的结论是，这种“不公”主要体现在两大维度：

- 导师

· 导师的科研方向会决定面试话题

· 导师是否觉得你是可塑之才，毕竟每周都要单独上课

- 申请者

· 不同学院可录取的名额

· 你与该学院其他申请者的不同或与其他被录取者的匹配度

· 公立或私立学校背景

· 身份背景

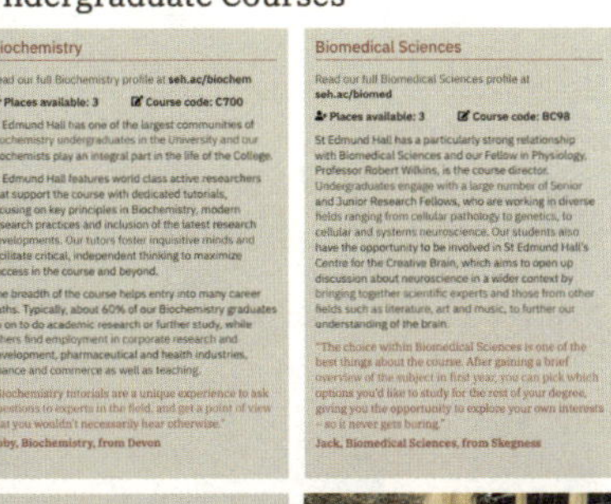

seh.ox.ac.uk

Undergraduate Courses

Biochemistry

Read our full Biochemistry profile at **seh.ac/biochem**

Places available: 3 **Course code: C700**

St Edmund Hall has one of the largest communities of Biochemistry undergraduates in the University and our Biochemists play an integral part in the life of the College.

St Edmund Hall features world class active researchers that support the course with dedicated tutorials, focusing on key principles in Biochemistry, modern research practices and inclusion of the latest research developments. Our tutors foster inquisitive minds and facilitate critical, independent thinking to maximize success in the course and beyond.

The breadth of the course helps entry into many career paths. Typically, about 60% of our Biochemistry graduates go on to do academic research or further study, while others find employment in corporate research and development, pharmaceutical and health industries, finance and commerce as well as teaching.

"Biochemistry tutorials are a unique experience to ask questions to experts in the field, and get a point of view that you wouldn't necessarily hear otherwise."

Toby, Biochemistry, from Devon

Biomedical Sciences

Read our full Biomedical Sciences profile at **seh.ac/biomed**

Places available: 3 **Course code: BC98**

St Edmund Hall has a particularly strong relationship with Biomedical Sciences and our Fellow in Physiology, Professor Robert Wilkins, is the course director. Undergraduates engage with a large number of Senior and Junior Research Fellows, who are working in diverse fields ranging from cellular pathology to genetics, to cellular and systems neuroscience. Our students also have the opportunity to be involved in St Edmund Hall's Centre for the Creative Brain, which aims to open up discussion about neuroscience in a wider context by bringing together scientific experts and those from other fields such as literature, art and music, to further our understanding of the brain.

"The choice within Biomedical Sciences is one of the best things about the course. After gaining a brief overview of the subject in first year, you can pick which options you'd like to study for the rest of your degree, giving you the opportunity to explore your own interests – so it never gets boring."

Jack, Biomedical Sciences, from Skegness

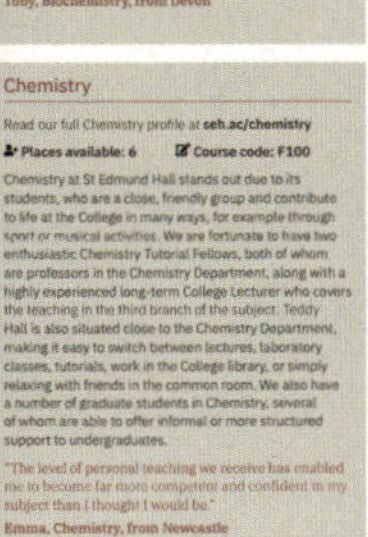

Chemistry

Read our full Chemistry profile at **seh.ac/chemistry**

Places available: 6 **Course code: F100**

Chemistry at St Edmund Hall stands out due to its students, who are a close, friendly group and contribute to life at the College in many ways, for example through sport or musical activities. We are fortunate to have two enthusiastic Chemistry Tutorial Fellows, both of whom are professors in the Chemistry Department, along with a highly experienced long-term College Lecturer who covers the teaching in the third branch of the subject. Teddy Hall is also situated close to the Chemistry Department, making it easy to switch between lectures, laboratory classes, tutorials, work in the College library, or simply relaxing with friends in the common room. We also have a number of graduate students in Chemistry, several of whom are able to offer informal or more structured support to undergraduates.

"The level of personal teaching we receive has enabled me to become far more competent and confident in my subject than I thought I would be."

Emma, Chemistry, from Newcastle

EXTRACURRICULAR ACTIVITIES

Drama

It's easy to get involved in drama right from the start of your first term, as the Oxford University Dramatic Society hosts a Drama Cuppers Competition exclusively for first years. Each college can put forward as many half-hour play entries as they want! It's a great opportunity to meet people who you may have not already come into contact with in college, and try out a variety of roles in theatre in an environment which gives you a lot of support.

Teddy Hall itself has a fantastic drama scene – we have our own drama society, which puts on productions regularly, such as our recent production of The Importance of Being Earnest, as well as writing and performing our own plays for the Teddy Hall Medieval Mystery Cycle, which is held in the graveyard every summer. All the productions are open to participants of any level, no matter whether you have had any theatre experience before.

Sports

Teddy Hall is home to a thriving sports scene. We have something for everyone, including netball, hockey, rugby and even have teams for ultimate frisbee, rounders and chess! Most sports offer the opportunity to compete in an annual intercollegiate competition called Cuppers, in which we often do pretty well in. Our boat club is very strong, with the ability to participate at many levels. We have four men's boats and our women's side now has three boats. Having so many boats of different levels can be rare at other colleges!

Sport is a great way to make friends and is also a good way to relax. Ability isn't an issue as our sports clubs accommodate everyone from student athletes to complete novices. If we don't offer a sport you're interested in, there is funding available to establish it. A huge aspect of the Hall's success lies in our community and our willingness to get involved both as players and as part of the large crowds we bring to matches. Hordes of Teddy Hall spectators can often be seen flocking to sporting fixtures in support of the Hall. This shows Teddy Hall's community spirit at its best and is something that many of our students are very proud to be a part of.

要解决这些差异带来的“不公”，我不仅需要靠自己的努力，也需要靠别人的帮助。

一方面，我在网络上检索了牛津地理系申请数据及每个系录取人数和招生特点，并对其进行了整理分析。

另一方面，我要非常感谢我的朋友 Vicky，她是我的同学，也是我在异国求学路上并肩作战的战友。我们两个每天早上七点半一起吃早饭，长达七年。我们会在每天的早餐时间，聊自我进步的计划，也会分享一些生活里的趣事。

Vicky 申请的是政治学、哲学与经济学，我们会一起分析牛津不同学院的文化和申请人的特征。我陪她选中了伍斯特学院，她陪我了解圣凯瑟琳学院。

Vicky 给我提供过帮我做决定的两条重要信息。第一条就是学生自己制作的宣传资料（alternative prospectus），第二条就是英国政府的官方信息网站（freedom of information）。

官网的介绍单会公布各科专业名单，有助于分析学院优势。但是宣传资料是学生自己分享的，目的就是让申请者体会到学院的文化和生活环境。圣埃德蒙学院是有名的运动学院，大学校队的学生多数来自此学院。

通过对信息的搜索和分析后，我把 14 所收地理生的学院减少到 5 所。

首先，这 5 所学院都有 5 个以上的地理专业招生名额。

其次，我选择了大学三年都提供宿舍的学院。毕竟害怕骑单车的我，还是想留在可步行的市中心。

学院官网的信息有助于对录取名额、学院文化进行分析。牛津地理系平均每 1～2 年才会有一个中国人被录取，因此结合自己的实际情况，我需要在这 5 所学院里，选择一个比较多元化的适合外国人的学院。

在 Vicky 提到过的英国政府的官方信息网站上，我找到了牛津大学地理系的入学学员背景分析，发现圣凯瑟琳学院对外国人的接纳性很高，地理系也是一个偏国际化的专业。

反复筛选后，我选择了圣凯瑟琳学院。作为一个专门为公立学校的学生成立的学院，他们更喜欢把机会留给非精英家庭的学生。同样，作为一个大学院，图书馆够大，运动组织够强，可交的朋友够多。

此外，还有一层缘分。牛津每年的公开日，都会邀请同学们参观专业部门，我曾经有幸参观过 Catz，并深深地被 Catz 院长的智慧与幽默折服。能够成为这里的一名学生，我万分荣幸，也万分激动。

这一路上，我付出了非常多的努力，也得到了很多人的帮助。但我深深地知道，不论获得别人多少帮助，最重要的是一直做自己的指路人。

我不想让我的孩子未来成为你：

对抗微妙的歧视

高中的时候，我曾经遭受过一次很沉重的打击，正是那次经历，让我学会了对抗“恶意的凝视”。

这一切的源头来自“大队长”的选举。所谓“大队长”，在当地实际上被称作“女生代表”（Head girl），也是全校最高级别的学生代表。他们的职责是出席各大学校的活动并发表讲话，也会频繁地与校长和学校管理层沟通。这可以说是学生时代最具有领导性质的工作。

大队长的衡量标准就是三好学生、全面发展和具备领导能力。

从条件来看，我是最合适不过的人选：篮球队队员、越野跑队队长、钢琴顶级、第一名的学业成绩……

同学们的认可，也是我自信的底气。所以当时的我理所当然地认为自己会是第一人选，但最后在没有任何发言权和展现自己的情况下，我却落选了。

当我向前辈苦恼地讨教为什么我没有被选上时，得到的答案是：他们不会想让自己的孩子未来成为你。

作为学校的代表人物，大队长的照片会出现在宣传广告上，并铺满本地的火车站和机场。学校的意思是，在招生的时候，我作为一个外国人，不会让当地的父母产生共鸣感。

一种微妙的种族歧视，深深地伤害到了刚上高中的我。

无力、愤怒、委屈。

这种成人世界的评判体系冲击着我的认知。讽刺的是，在那条牛津辩论社的视频走红后，母校在利兹机场的招生海报又换成了我，学校的网站上也有一个专门宣传我的网页。

这样的经历让我意识到，很多时候，一个人具有什么价值，往往取决于你能带给别人什么价值。

我不能带给“主流”共鸣感，但作为亚洲女性，我一定可以通过自己的经历，带给跟我有相似背景的人更多“鼓励”。因此，在步入大学后，我非常关注亚洲教育公益和女性话题，也非常关注少数人群的权益。

人生的每一步，都踏在前一步上，是过去的你成就了现在的你。

当初那种微妙的歧视，虽然现在的我已经毫不在意，但是对于那个小小的倔强的少女来说，那种悲伤的情绪依然埋藏在心里。

而对抗那些过去，我的方式是，选择自己的路，坚定地走下去，并帮助更多的人。

那些伤心的回忆，不是石头，而是星星。

它们会让现在的我闪闪发光。

PART 2

首位进入牛津百年辩论社的华人女性

虽然不懂，但可以伪装成自信且有能力的姿态，这样的姿态不仅会让外界增加对你的信任，还可以使实践者获得在实操上的进步，以便获取最后的成功。

01

牛津面试

Fake it till you make it:
“不懂就装”的人生歪理

每次做家务，我都有听播客的习惯。最近一期听到的播客主题是“Fake it till you make it”，这句话翻译过来便是“不懂就装”。这种方法告诉我们，虽然不懂，但可以伪装成自信且有能力的姿态，这样的姿态不仅会让外界增加对你的信任，还可以使实践者获得在实操上的进步，以便获取最后的成功。

这是一个比较有争议的成功学方法论。它听起来像是一种欺骗，但在不损害别人利益的前提下，它确实是一种心理激励的好方法。虽然未必那么正确，但确实是一句大实话：在不违背伦理的前提下，“不懂装懂”的伪装有时候是十分有必要的。

求学路上，有很多次我都因此“被激励”。

第一次牛津模拟面试，我很紧张又真诚地出现在了校长会议室里，这时距离真正的面试还有 3 个月。我在复古的维多利亚装修风格的会议室里，面对着学校外聘的面试老师。这次面试我没有做任何准备，因为我希望审查下自己需要进步的地方有哪些。没想到，半小时面试结束后，我不仅没有看到可进步的空间，反而彻底把自己的自信心归零了。

面试官提问的是书本外的知识，并没有过于刁钻，但我还是慌了。一方面，这确实是课本外的知识，未在我的准备范围之内。另一方面，语言上的不自信让我很快在心态上就败下阵来。

因此，在模拟面试后的一周，我都沉浸在自己无法考入牛津的绝望和沮丧中。

英国每年有上万个人在同一个学科拿到 A 和 A^+ 的成绩，但只有不到几十个人可以考进牛津的同一专业，而这里面会有我吗？这种极低的概率让我越来越否定自己。

9 岁出国留学，从最差班的学生到尖子生，我都过了这么多关，真的要在最后一轮放弃吗？在这样的思考中，我意识到"I have nothing to lose"（我没什么可失去的了），既然没有什么可以失去的了，那也就意味着我可以付出一切。因此，在接下来的 3 个月，我主动联系了 10 名老师模拟面试，并且向牛津地理系的在读生寻求帮助。

一名叫作 Lily 的地理系学姐很友善地和我进行了长达一小时的沟通，她谦虚的态度让我看到了一缕曙光。原来在准备面试时，Lily 一开始和我的状态一样，紧张，表达困难，同样没有自信。不过，每一次的模拟面试后她都能有很大的突破。而我所需要做的就是多练习，多总结。

这里简单介绍下牛津的面试文化。与其说是测试考生掌握的知识点，不如说更在意的是考生的思维方式。这代表他们并不指望我们会推理出每道题的答案，而是考查我们的逻辑分析能力。甚至有时候面试教授会提供根本没有答案的问题，完全只是为了考验学生的思考模式。这种时刻需要的是一颗沉稳不慌的“伪装心”。所谓“装懂”其实就像科学方法，在不确定一件事时先进行假设再推翻，直到找到“正确答案”。

所以，如果我们没有足够稳的心态，在一开始就胆怯的话，那这场面试我们没有开始就已经失败了。在看重思维模式和潜力的情况下，fake it till you make it 会是一个上策，一般大学面试、职业面试都可以采取这种态度。成功的前提是努力打好基本功，哪怕无法学到所有的知识点，但可以利用你的逻辑思维能力灵活回答问题。

面试被喊停：
大脑一片空白后的应对方法

在众多面试的经历中，我发现最可怕的永远不是问题的难度，而是紧张过度后大脑一片空白。毕竟方向出现偏差、答案不够精准还有弥补的机会，但没人可以拯救大脑“停机”的状况。

悲催的是，在大大小小的面试中，我唯一大脑出现空白的状况竟然发生在了牛津面试。

“回想下你这次来到牛津面试的路程，作为一名地理学家你有什么要说的吗？”这是我两天面试中的第一个问题。

这看似简单的问题，其实是一个开放式的难题。

很不幸，作为路痴的我，在来面试的车上，一路睡到终点，根本没办法迅速给出任何有效的答案。“我是坐车来的，但一路都睡着了。当时来的路上，高速在修路，所以记得不是很清楚。”

这一系列“废话”，让女教授直接喊停。

此时的我，瞬间慌了，绝望地认为面试才开始，我就已经丧失了进入牛津的机会。

不过在冷静下来后，我迅速整理了答案，并良好地应对了这个情况。

可能很多人都会有这样的经历，这次面试“绝处逢生”，让我意识到自己总结出的方法是行之有效的。

我把这个方法称为：头脑风暴关键词。

这是一种快速、有效的方式，适用于文科面试和非专业算法的面试。

准备面试的过程中，我会强迫自己把大的知识板块全部浓缩在一张纸上。在面试的前一天晚上，我会做最终的精简版，把每个板块的内容用1～2个单词概括，抓重点，做总结。

这种关键词，就是拯救面试时大脑出现空白最好的方式。

在牛津面试时，头脑一片空白后，我快速联想到地理学家对于“移动”“流动”等关键词的思考。

- Access 获得机会
- Inequality 不平等

- Scale 等级 / 比例
- Diversity 多元化

这四个词是我总结出来的“重点关键词”，只需要有逻辑地把它们套在自己身上，再回答出来就行了。

所以，我当时的回答是：

> 因为家庭收入不平等，每一个面试的孩子可获得的交通机会有区别。
>
> 这让我联想到更高等级的城市问题——北京地铁站调价。原本 2 元钱的乘车费用，调价到按照里程来计算。这提升的票价会给一部分低收入人群带来压力，因此他们会选择以步行来替代地铁。
>
> 这将会导致他们更加暴露在雾霾之下，间接性引起健康问题；失去一些工作机会，因为通勤时间更长了。

以上答案并不是新奇或深奥的地理理论，但我把关键词埋藏在答案里，体现了我对地理学专业的认识。

临场发挥背后需要日积月累的努力，也需要我们有技巧地应对，“关键词”可以在面试压力大时，更及时地帮助我们应用和联想不同的知识。

思路比结果更重要：
有些问题不必给予正确答案

如果面试中被提问的问题，压根没有正确答案，我们该怎么办？

很简单，那就是预判面试官的预判。

首先，很多面试题并没有绝对正确的答案，但是大部分面试者都会犯急于直接跳到结论（jump to the conclusion）的错误。实际上，无论是牛津面试还是多次的投资人面试，掌握专业知识只是最基本的要求，对于面试官来说，他们更期待的是我们独特的思考方式。

所以，在面试的过程中，我总结出了三种提问方式：

- 你认为……？
- 如果……，你会怎么选择？
- ……对此你是怎么想的？

这三个经典提问方式，并不需要对的答案，而是需要有逻辑的思考和结论。

因此，我们可以在回答时，反推这四个步骤：

- 讲出观察（对大环境和专业领域的观察）。
- 联想到专业理论。
- 推测合理性。
- 如不合理，请排除；如可行，给出具体理由。

我在多个收到录取通知书的面试中都没有给出过正确答案，但我的思维逻辑让他们看到了我的潜能和可塑性。

回到牛津入学面试中，我有三轮看图分析。

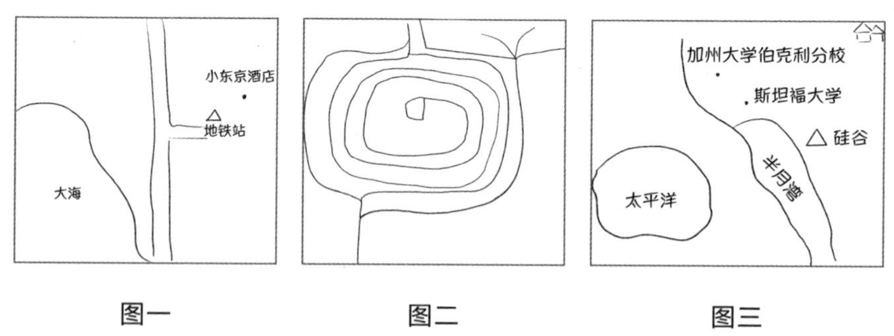

图一　图二　图三

三张手绘图，不清晰且不准确。我做出了四步分析：

第一步，观察。

这三幅画的比例是错误的，且着重点不同。

第二步，联想。

我联想到了意境地图[1]（mind map）这个重要的地理学理论。

第三步，结论。

这不是3幅不同比例的城市发展规划图，因为信息错误和比例错误。

第四步，这更有可能是意境地图。因此，地图本身不需要考虑比例尺、坐标等数学精度。

每一个人的意境地图都因自我的社会属性，人与地方的物理和精神连接不同，产生独特性。

这位幕后的作者应该是同一个人，并且是名日本游客。

图一：游客的舒适圈——家乡的文化，居住的酒店

1 意境地图：意境地图是不同人对某种地理环境和位置由大脑反映出的记忆能力与联想地图。

和常用的交通工具。

图二：游客对旧金山城市交通的概览图，包含此次他的游走路线图。

图三：游客对于整个美国西海岸的初步认知。大致的地标是对的，但是精准度和比例尺有很大的偏差。

其实测试一个人的思维逻辑和知识量的方式虽然很多元，但是根本规则都是相通的。在自信且有条理地做出以上四步分析后，可以让你在面对没有正确答案的问题时更轻松。

有些问题，我们作为被面试者，不需要给出绝对正确的答案。

讲出我们的分析思路，比回答“正确”更加重要。

牛津辩论社视频中的高光瞬间只是一瞬，我更想跟大家分享的，是我如何一步步进入辩论社的过程。
努力的过程固然比不上结果光鲜夺目，但在旅途中的跋涉同样值得被看见，因为这才是最有价值、最真实的一部分经历。

02

牛津辩论社

百年辩论社的隐形歧视：

为少数派而战

许多人都是从我在牛津辩论社（Oxford Union）的辩论视频开始，知道“赛茜”这个名字的。

我必须承认，牛津辩论社赋予了我巨大的光环。这个从1826年建立之初开始，就集智慧、思辨、荣誉为一体，享誉世界的辩论社，也是我长久以来的心之所向。

这里拥有最佳的辩论土壤，也是争议性话题的探讨良地，同样，也有众多名人在这里完成他们精彩的演讲。从爱因斯坦、丘吉尔、迈克尔·杰克逊到史蒂芬·霍金、摩根·弗里曼，甚至是《权力的游戏》剧组，都在这里留下过思想的痕迹。20世纪70年代，美国总统尼克松在“水门事件”后，首次公开演讲的地点，就是牛津辩论社。这里成就了数十个国家首相和总统，也凝练了无数的智慧言论。

几乎每一个进入牛津的学生，都向往着这里，包括我。

进入辩论社的过程，不可谓不艰难，但在这个过程中，我个人有了长足的进步，这一部分我会在下一章节更详细地分享。在这一章我更想分享的，是我进入牛津辩论社后，感受到的光环背后的“阴影”。

与其他学社不同，牛津辩论社的入社费用就要 3000 元人民币，这对于英国那些贷款上大学的同学来说，是一笔不小的支出。

费用上的门槛使得辩论社的成员普遍分为两类：第一类是公爵学校出身的富家子弟；第二类是有着政治野心的同学。虽然有些刻板印象，但从实际情况来说，大部分都是非常具有自信、目的性极强的白人精英男性。

几乎在每一次辩论社选举时，我都是少数在场的，甚至是唯一的女性，更别提亚洲女性了。

进入辩论社后，我感受到了强烈的少数派带来的“异化感”。相信大家也有过这样的感觉，固有语言系统、话题会变成一道坚固的墙，它们无形地把你隔离在主流之外。他们中的很多人，在我 9 岁来到异国他乡努力适应语言的时候，就已经开始谈论、了解和计划着在辩论社的未来了，大家对于学社的历史文化说得头头是道，让我感受到了一种另类的压力。

但我憧憬的，是与全球顶尖辩手们交流的机会，把这个核心目标记在心里后，行动就会变得纯粹。大学第一年的我克服了“圈子式”的文化隔离带来的不适感，几乎每日都忙于辩论社的活动中。假期时，我也都会留在学校，和辩论社的其他委员们一起策划和执行下学期的 8 场辩论。

回顾当时来到辩论社正式上任的第一天，所有的委员都聚在了一个有着百年历史的会堂里。长达 8 个小时的头脑风暴，我们筛选辩题，从哲学、地理、政治到艺术，否定了数十个选题。功夫不负有心人，我精心准备的“科技帝国与社会关系”的选题，幸运地成为 8 个辩题中的一个。

当我接到通知能以二辩的身份出席“科技帝国威胁社会”这场辩论时，距离辩论赛仅剩 4 天。

这意味着，我只有 4 天的时间可以准备，在牛津每周 3 篇论文的繁重的课业下，我需要拿出 200% 的精力，来对待这场辩论赛。

最不幸的是，我发烧了。

但我知道，人生的高光时刻，都是在至暗的黑夜之后发生的。这样一个机会对于社里一些白人精英男性来说，可能非常正常，但对我而言，却是一个千载难逢的机遇。

我做了充足的准备，并在有限的选择中，穿上了自己的最高仪式礼服（White Tie）。

“让我们欢迎辩论社委员、来自圣凯瑟琳学院的赛茜。”（We now welcome Cecilia Zhao from the Secretary's Committee, St Catherine's College.）伴随着辩论社主席的介绍，我终于迎来了发言的时刻。

站在发言台上，迎面对着我的是500多名牛津的学长学姐，以及一台录像机。

我开始发言，准备好的发言稿就像电影一样，早已在我的脑海里演练过千百回。

感谢一切，那18分钟，我有好好地享受。

演讲完的那一瞬间，我甚至有一些恍惚，过往10多年的努力，曾经受到的质疑、排挤和孤独好似一下都感觉值得了。现在我在全世界最大、最古老的辩论社，为自己感兴趣的话题发言。

我想起了曾经因为母亲向老师求情，而在厕所偷偷哭泣的那个懦弱的小女孩。

隔着时空的距离，我仿佛看到了她，她仿佛也看到了我。

我仿佛听到她说，谢谢你，成了我想成为的大人。

辩论结束后，生活一如往常的平静。然而在两个月之后，一切忽然发生了变化。有一天，几个辩论社的同学让我打开网站，我才发现我的辩论视频在一个月内竟然达到了50多万的播放量。

大家调侃我“一战成名”了。

但事情的发展并不一定全是正面的，大量的关注淹没了我，是的，“被淹没”（Overwhelming）是我的第一个感受。

那些好的、坏的评论，就像湖底被搅动后翻涌而起的泥沙，向我袭来。

作为一名亚洲女性，我的面孔是具有争议性的；我的种族、性别，成为别人热议的对象；我的身材、穿着，成为遭受攻击的靶子，那些充满种族歧视、性别歧视、男性凝视的言论，像刀子一样向我扎来。

懦弱、退缩，不是我的风格。对于赞美，我欣然接受；对于恶评，我也会以直报怨。

因此，当我接到央视和凤凰卫视纪录片的采访时，我决定把自己内心真实的想法讲出来。

“我是一名女性，更是一名亚洲女性。我要付出 300% 的努力才能与这些白人男性站在同样高的平台上。”这是在整段纪录片中不断被重播的一句话。

诚然，作为牛津主流之外的人群，我需要付出更多，才能跟别人站在同一个舞台上，甚至当我站在这个舞台上后，依然会因为我的性别、种族而遭到各种各样的揣测、质疑。

但最重要的，是我们不能放弃为自己争取权利的机会。不仅要争取，也要为和自己一样的人勇敢地发声。

我非常感恩牛津辩论社，是它给了我展现自己、为少数派发声的机会。

牛津大学的学生创建这个辩论社的初衷，是希望在当时言论自由受到压制的年代，给大家提供一个可以无忧无虑发表言论、进行辩论的地方。

这里坚信言论自由至上，奉行畅所欲言、言无不尽。时至今日，它依然坚持着这个原则，我的存在，就证明了这一点。

上千杯咖啡的竞争：

被“筛选”出的友谊依然有意义

在上一篇文章中我曾提到，为进入牛津辩论社，我付出了非常大的努力。

入校的时候就有学长学姐告诉过我，牛津辩论社的竞选是一场“建立在上千杯咖啡基础上的战争”。

这里的“咖啡”只是一个比喻，每杯咖啡都意味着一场努力获得支持者的谈判。

刚开始我曾思考过，在繁重课业的压力下，是否需要花费如此多的精力在这样的学社上？

后来每次回想，我都十分感激曾经做出决定的自己，因为这可能是我大学中做过的最值得的一件事。

“Coffeeing”是我那时常用的词，当时我把咖啡当成了动词。7 周的时间，我从不认识任何人，到获得 270 张投票。白天，我活跃于拳击社、地理系活动、中国学联、咨询社、金融社；晚上，我去各个学院串门吃晚宴，夜里又去不同学院的酒吧认识新朋友。眼看着我的脸书朋友从 500 人到 3000 人，在每天 5 杯以上的咖啡，每周 40 余个活动安排后，我认识了大半个牛津的同学。

这样“功利化”的频繁社交，并不是我理想中的大学生活，但在这个过程中，我确实得到了飞速的成长。

最重要的是在无数个短暂会谈中，我学会了快速了解对方并且建立信任的技能。

40 分钟喝咖啡的时间里，我会用 10 分钟的时间聆听对方，并分析出对方的个人特质和感兴趣的话题。毕竟，辩论社的竞选并不只是靠受欢迎程度，更多的是不同竞选派别的政策和思想。当得知对方的价值观后，我会尝试用一种不冒犯的、更具交流性质的方式进行交流。这段经历提高了我的共情能力，并且当我选择倾听他人诉说并尝试理解的时候，我的思考也渐渐变得更富包容性。

这样毫不保留的努力和进取，像是一把双刃剑。对我个人而言是机遇，但也会招致非议和敌意。一个野心外露、敢于争取的女孩，往往会使得那些按照常理出牌的白人男性感到不适和受到威胁。我在竞选团队中，慢慢有了一种被孤立和背后插刀的感受，很多来自同一学院或有相似家庭背景的同学开始抱团。当然，这是后话了。

一杯杯咖啡下肚，我学会了如何快速社交，在最短时间内用对话的方式与对方建立联系。这种社交虽然带有目的性，但也让我拥有了多元化的朋友圈，那些在交谈中，发现彼此是志同道合的朋友，也成为了我人生路上的战友。

很多时候，有些人往往会用非黑即白的观点看待社会，比如当我们怀抱某种目的去结识某人的时候，我们的“友谊”就显得没那么纯粹了。但通过这些经历，我逐渐认识到，我们需要以更宽容、开放的心态去看待社交。每个人手上的“一杯咖啡”，更像是一把钥匙，我们谈话的意义不仅是为了“达成最初的目的”，也在于找到最匹配的那把“锁”。

用这样的方式，我们也可以收获最真挚的友谊。这一课，使我受益无穷。

自卑到超越：
学会为自己走出一条路

在阿德勒的《自卑与超越》中，我读到过这样一句话："我们每个人都有不同程度的自卑感，因为我们都希望改善自己的处境。只要一直保持勇气，我们便能以直接、实际和满意的方法改善环境，从而使我们摆脱自卑。"

这段话给了我非常大的安慰，我的成长，就是一个从自卑到接纳自卑的过程。

在英国北方的小镇上，我的身份从小就格外突出。从小学到高中，我几乎是学校里唯一的华人。

由于年纪小，所以格外敏感。在同学们不自觉的"种族歧视"中，我更加认识到自己与他们的"区别"。这种强大的异化让我在大型活动中总是感到不适。可以说，那时的我像是"社恐"一样挣扎在社交的边缘。

一个小女孩总是会因为自己的"不同"而自卑，但当时的我，不想承认这种不适的感觉，也搞不懂自己难过的情绪到底是因为什么。为了可以更舒适地融入大环境中，我开始让自己更加“西化”，从饮食、妆发、爱好、谈吐到思考方式都向当地人靠拢。在这种统一的环境里，我似乎重拾了信心。

一切改变，都发生在我备考牛津的那一年。

那一年，我目标明确、行动积极。我不会再被“中国的书呆子”这类标签刺激到，也更加爱自己的身体和体形，放下了从 15 岁起就坚持每天早上举铁的习惯。我终于开始变得自爱且自信。

我意识到，超越“自卑”，一方面要放下外界的评判标准，向内心探索自己真正的心之所向；另一方面，要坚定地执行，无畏地向前。

超越，就是要一步步地敢于触碰并打破自己设置的天花板。

对我而言，我深知身为少数派的困境，同时我也在此后人生的许多阶段里，敢于成为那个去迎接挑战的少数派。我接纳了并非主流的自己，并积极地为同样非主流的群体勇敢发声。

2019 年，我选上牛津拳击社副主席之前，在心里无数次告诉自己：身为女孩，我同样可以挑战自己的身体极限。

我开始打破自身性别的禁锢，不断挑战自己。

2021 年，我在斯坦福桥球场（切尔西俱乐部的主场）与男同事一起参加踢球比赛，我在日记本上写道：“我就是要以全场唯一的女性的身份来踢球。”

认识自我，接纳自我，并不断努力、攀登，最终超越自我。

社会的利益关系和文化冲突，总会让我们在不同节点中产生一种异化感和孤立感。虽然并不是每一次都需要我们来做领路人，但如果新的路上没有同类人，也请不要害怕，我们要勇敢地为自己闯出一条路。

没有路，我们就凭自己的双脚走出来。

独行的焦虑：

对抗孤独的方法就是行动

焦虑和没有安全感曾是促使我一直前进的因素。

在学生时代，我接受并习惯性地利用自己的焦虑性格。这种不安的心理状态总能让我怀疑自己不够努力。因此，在人生大大小小的环节中，我总是习惯“再多一点点”（I will always go for the extra mile），这样的心态也确实让我在学生时代一次次地拿到了最优秀的成绩和意想不到的机会。

步入职场后我发现，那些在头部咨询公司提前升职的同学也有这个共性。每次他们在项目实施前，都能做好充分的准备，这些事前的深思熟虑会让他们在每次发言时获得与之相匹配的发光机会。作为同事，我会敬佩甚至羡慕这样的人。但作为朋友，我更能了解他们内心的焦虑和不安。

但现在，我不再认为焦虑和不安是促使我向前走的动力。

因为这样的情绪往往需要获得他人的认可和赞赏，并且常常会让人透支和崩溃，随着发生的次数越来越频繁，人们可能在人生这场马拉松中无法坚持跑到终点。回看自己崩溃的状况，一般都是因为急于出成果以及对自我施加过多的压力。这种极度向上的精神往往会让人失去人生的平衡。

我最严重的一次透支发生在大一期末考前的假期。那一个假期，平均每晚我只睡 4～5 小时。最极端时，一天中我只有 30 分钟吃饭的时间，其他时间都在学习。最严重时，两份实习工作（花旗银行 + 麦肯锡）、辩论社选举和地理考试都积压在一起，极度的高压导致我在这个重要时刻高烧了两周。

在那两周里，白天我躺在宿舍的单人床上靠刷剧麻痹自己，晚上则在失眠中复盘自己糟糕的现状。

转机发生在大二那年，那是我人生中第一次尝试“独行”。

独行看似不合群，但对我而言，需要这样的一个时机来让自己“慢下来”。

起初，我选择了拒绝不重要的社交，这让我意识到，曾经以为一定要见的人和要去的场合，其实并没有过多的意义。在咬着牙跨越了“孤独”和“不合群”的障碍后，我在这一学期中，拿到了日后入职的第一份负责合并并购的投行工作。

后来的两年，我渐渐开始享受独行的状态。我开始慢慢对抗容易让人产生焦虑情绪的“同辈压力”，懂得了“闭关社交”的好处。

阶段性的自我独处可以让人实现更好地复盘，它可以帮助自己从大环境的快节奏中，回归自己的内心。

就像在很多金融企业中，每周五晚都是同事们一起在酒吧放松的欢乐时刻。这确实非常解压，毕竟可以与战友们一起释放拼搏一周后积蓄的压力，但它的代价就是用一晚的解压丧失整个周六的清醒。所以，我很快成为那个“无趣”、早退不合群的人。

做出这个选择后我发现，其实大家都很包容，会尊重你的选择。

现在的我，完成了自己这一年预设的所有目标，并且下定决心再也不给人生设定任何考核指标。

我希望未来的自己可以一直向上，但在向上的路上不要以自己身体和精神上的健康作为代价。

就像那个家喻户晓的龟兔赛跑的寓言故事，兔子真的是因为懒惰和自大才输的吗？乌龟真的爬得很慢吗？现在的我，对这个故事有了不一样的解读。跑得飞快的兔子，可能透支了自己的精力，而跑得慢的乌龟，则可能胸有成竹地在向终点前行。

快和慢不重要，保持自己的频率，才是最重要的。

学习中最大的障碍往往不是“努力”，而是“方法”。当我们遇到新知识的时候，这样的情况尤甚。所以进入新领域的时候，如何快速掌握知识，形成系统的思考方式，并可以让它快速而有效地转化成学习成果，是学习方法里最重要的一部分。

这里我会结合自己的经历给大家分享，如何走出一个“有瑕疵但又完美”的循环。

03

学习新专业

掌握陌生的领域：

只需要“开窍一刻”

在长年的学习中，我逐渐发现了如何掌握陌生领域知识的规律。

当我们迈入新的领域时，往往会经历漫长的迷茫期，就像一块干瘪的海绵一样，需要吸取足够多的水分。但当我们吸收足够多的知识后，只需要“开窍一刻”，就能融会贯通了。

听起来很像是量变引发质变，事实上可能也确实如此。

照片里的这个黑书包陪伴了我整个大学生涯。轻便的书包里装着笔记本电脑、充电线、水杯和伞，它每天陪伴着我穿梭在咖啡厅、图书馆和宿舍之间。

牛津这座大学城里有着数十个图书馆。优越又安静的读书环境，起初给予我的，不是专心，而是孤独、挣扎和压抑。

大学地理和高中相比，就像一个全新的陌生领域。牛津的整体教学可以说是“自学成才”，导师们每周会布置 30 个以上

的书单，而学生们则要在一周内产出两到三篇论文，并针对各篇论文与导师进行一个小时的探讨。

大学学习和高中相比是一个新的挑战。但在学习之余，我还要忙社团和实习工作，这让我每次静心在图书馆里的时光，都成为发现自己“无知”的痛苦过程。

每次看完书单，我都深深地为自己的迷茫感到羞愧。

在大一的这年里，我从未拿过“一等成绩”。

为了弥补成绩的不足，我选择在夏季（Trinity term）前的假日留校专心复习。这是我第一次学会享受独自在图书馆的生活。从早晨9点到次日凌晨，不论假日和周末，我都徜徉在图书馆里，时间一天天地飞逝。

就像学习一门新的语言，我们需要做很多的知识铺垫。在大量且超强度地往脑海里灌输知识点后，我终于开窍了。

当拥有足够的知识储备，发现规律并把握好关键时，我们就会发现很多事情做起来其实很简单。

“开窍一刻”需要积累，也需要学会“把握重点”。

8 周重写 6 遍毕业论文：

相信自律的力量

这几年，我被问得最多的就是关于自信和自律的问题。

“你是如何做到自律的？”

“怎样培养自信心？”

“我想知道你的时间管理。”

说实话，自信和自律只是过程，最终我们追求的“成功”和快乐才是真正的目的。当目的清晰后，才能分出优先事项。

重点是，这里的优先事项是属于你个人的。

放松，游玩，自媒体，毕业论文，实习转正，家庭团聚，朋友度假。这是大三前的夏天，我想要获取的目标。我的时间管理自然会偏向于属于自己的优先事项。

按重要程度由高到低排序：

- 7～9 月实习转正——再好的毕业成绩，都不如毕业前找到理想工作来得靠谱。

• 9～10 月毕业论文——给自己的牛津生涯画上圆满的句号。

• 周末放松——在投行实习很累，只要有空闲时间一定要多多放松充电。

• 自媒体——虽然很重要，做起来也比较耗费时间，但因为喜爱，所以自己是以很放松的状态在做这项工作。。

• 放弃了家庭团聚和与朋友一起度假。

有失必有得，面对自己争取的目标必须要全力以赴。在 600 个小时的实习期结束后，我顺利地得到了毕业转正的机会。接下来的 4 周里，我从伦敦金融中心转战到牛津的图书馆，从早到晚地开启了毕业论文的赶稿生活。

我的研究方向是微信支付给海外华人华侨带来的地理性身份的改变。那时我提前一个月回到牛津，整座大学城都是空荡荡的。

日复一日的赶稿生活虽然有些平淡，但是看着每日新增的 1000 字，心里变得越来越踏实了。1000 字虽然并不多，但如果是在 21 天无休息的状态下，确实会有一种完成任务却没有全身心投入进去的感觉。当我兴高采烈地把完成的初稿发到辅导员的邮箱里时，我收到的反馈和理想中的很不一样。

辅导员是三年前面试我的老师。他的姓很有趣，叫 Money，他在牛津担任教授前，曾从事金融行业。在进修学业后，他对自己的家乡非洲有着很大的热忱，从那以后便开始做起了非洲新能源的投资和科研工作。我的论文偏于数码地理和东方的身份认知，这两者的搭配很适合 Money 教授的口味。

作为他喜爱的学生，我对自己的毕业论文也信心满满。但没想到，他对我的毕业论文却表达了极度的不满。

“这一看就是急着写出来的稿子，整个论文的中心点、逻辑和连贯性都需要提升。重写吧。”

那一刻教授很失望，我也被失落的情绪填满。

在快速稳定情绪后，我争取到每周二和周五与 Money 教授面对面反馈的时间。这意味着每周我可以有 2～3 天的时间重新写论文。

那个学期，几乎就是告别睡眠的 8 周。我拒绝了所有的社交，周末的休息时间只留给自己充电。为了可以对抗这种高压，我决定每天下午 2～3 点去健身。在规划性极强和全方面掌控时间的情况下，在 8 周时间里我重写了 6 遍毕业论文。

专注和坚持，很多时候都能刷新我们对自身潜力的认知。

最后，关于我的论文，Money 教授说道：“也只有你才能写出这么逻辑紧密又有些新颖的文章了。”

这段经历可以用自律和高产来形容，但我觉得更多的还是技巧性的横向思维。虽然整篇论文都是一个学术研究方向，但是在重组论文时是需要打破逻辑局限的，需要在不被任何范畴限制的情况下创造出更多新想法和新观点。同样的知识，甚至不算优质的资料，但在横向思维的思考下，可以从 1 翻倍到 100。正确的思维方式，可以让过程变得更加有效和享受。

从这段经历中，其实我想告诉你们的是“自律也有方法”。自律不是一味地强迫自己去规范性地完成目标，而是给自己设置自律的条件和空间，并理性地安排时间。

了解自己、认知自己的优先选项，并迫使自己“陷入”自律当中，往往可以帮我们快速地完成目标。

PART 3

谁说地理专业不能做金融

如何正确地认识职业，是我们在走入职场前的“必修课”。在这一部分，我会根据我的个人经历，分享四个方法。

1. 走出固定心态怪圈，培养成长型思维
2. 让失败前置并接受，跑步中调整方向
3. 学会技巧性跨领域，储备双赢的智慧
4. 学会清楚认识自我，打有准备的硬仗

职场未必如战场，但要以一名战士的心态投入战斗。

01

正确认识求职

培养成长型思维：
走出固定型心态怪圈

在我的职场生活中，我认为对我益处最大的思维模式，就是“成长型思维”。

这是美国心理学家卡罗尔·德韦克（Carol Dweck）开创的概念，她提出：“人们在面对新的挑战时，一般会有两种主要心态，这会直接决定一个人的发展前途。”

固定型心态：拥有这种心态的人，会认为天赋才能创造成功，而自己的智力与能力都是固定的。这种局限性的思维会让他们遇见困难时更容易选择放弃。

成长型心态：拥有这种心态的人，他们相信大脑和才能只是起点，而他们可以通过努力一直改善自己。这种观点创造了对学习的热爱和对伟大成就至关重要的韧性。

这个观点我在前文中已经提过，在职场生活中，这一点被反复地论证。

一个人该如何改变自己的固定心态呢?

首先，我们要相信自己是可改变的。

其次，有两个重要步骤。

第一步，认知自己固定型心态的触发点。

比如，我们会对比付出和成功。当我们拿到同样的成绩时，我们可能会认为对方比自己付出得要少，我们的成功只是来源于不懈的努力，而他们是有天赋的，我们可能就陷入了固定型心态之中。这个社会有很多人认为天赋最重要，但实际上条条大路通罗马。当我们一直认为只能多付出才能与他人同等优秀时，就会在接受挑战时感到压力，并且更容易放弃。

比如，我们在收到负面反馈时，其实每一个人对接受负面意见都会带有一定的情绪，但成长型思维的人会接纳并改善，固定型思维的人会觉得自己被否定了。

再比如，当我们面对挫折时。从大学地理学专业跨行到投行时，我收到过多次的拒绝。我知道自己的专业与职业不对口，但我坚信自己可以复盘、学习并超越。带着这样的心态，我每次在遭到拒绝时，想到的都是如何更快地进步。很多固定型思维的小伙伴，会认为这个行业超出了自己的能力。

第二步，有意识地培养成长型思维。

以下有几点小贴士：

（1）不要追求他人的认可：我知道这很难，但是第一步一定要先相信自己，如果我们一直追求他人的认可，那我们优先考虑的就不是自身的学习和进步。

（2）记住成长型心态：做决定和情绪低落时，刻意地辨识自己的心态。

（3）承认弱点：我们都有弱点，但是每一个弱点都可以克服的。

（4）重视努力而不是天赋：说实话，我不确定自己是真的天生聪明，还是后天够努力，但这不重要。因为我想达到的学业目标，只要我付出，我知道自己一定可以做到。这就是理想状态。

（5）花时间反思：这是成长中很重要的一环，可能是语言上的不妥，可能是思考方式的问题，每天我都会反思、复盘，再重新出发。

（6）培养毅力：这是最重要的一点。所有的能力不是一天就能培养出来的，就算我们的能力达标，也不一定会成功，只有韧劲和毅力可以让我们一直走下去。

我带着这种成长型思维，一点点实现自己的梦想。其实我们需要的不是野心，而是勇气。我们的目标不一定需要很远大，只要敢于相信自己，带着勇气和毅力前行，就拥有了最重要的东西。

调整前进的方向盘：

失败要趁早

在求职的过程中，我最大的一个感悟是：失败要趁早。试错比成功还要珍贵。

在利兹这座城市生活的九年里，我很享受它的安静与大自然的环境。随着我慢慢步入成年人的社会，这座温柔安静的城市，却让我感到了一丝局限。

为了可以尽早打破在北方工作的局限，我在高中时就开始关注金融方面的实习机会，也很幸运地获得了普华永道第一批面向高中生开放的暑期实习机会。这段经历让我在高一就经历了5轮筛选测试和面试，并有幸获得了去伦敦总部培训一天的机会。

但是，我的职场之路却没有这样顺利。到了牛津后，我的竞争对手变了。每次面试，我都要战胜同样优秀的牛津、剑桥和同级别学院毕业的欧洲同龄人。

在“压力山大”的春招中，我屡次在没有得到面试机会的情况下就遭到了拒绝。

在我沮丧地与学长沟通时，他指出了我一页半的简历中可改进的地方。经过学长的反馈和帮助后，我最终得到了去花旗银行和麦肯锡咨询的实习机会。

但遗憾的是，我在面试上错失了花旗银行春招转夏招的机会。我自信满满地认为这次面试一定会成功，不料却被拒绝了。

花旗银行的面试官告诉我，你很自信，更适合做一个领导，可能不太适合做团队工作。

这是我第一次因为自信、不适合做团队工作而被拒绝。

我对自己的这次表现进行了系统的复盘。

首先，在态度上，我因为准备得非常充分，致使每一道题都回答得非常流利，给人一种“过于自信”的观感。

其次，在穿着和打扮上，为了表示对此次面试的重视，我把最亮眼的裙子穿在了身上，又早起化了1个小时的妆。格外隆重的姿态，有时会给人一种“侵略感”。

总结下来，我需要以更日常、更谦虚的状态进行面试。从那以后，在各项面试中态度和团队合作能力都成了我的优势。每一个人的优势和劣势都不太相同，但早一点试错，复盘再进步，必定会给我们打开更多的门。

回想起来，当年和我一起进入花旗银行春招，同样被暑期转正拒绝的 Max（化名），现在已经成了全英国评分第一的投行分析师。当时因为他的专业能力不达标所错失的机会，日后却成了他的跳板。我们都以最快的速度在大三那年找到了全职工作，并确保把大学最后一年的精力全部放在获得学位上，最终以最高荣誉一起毕业。

诚然，第一次找工作，会有很多迷茫、焦虑和胆怯的时候。也许在起初的 20 个机会里，我们只能得到一个面试机会。但不断地复盘，更早地规划，可以让我们最终得到心仪的工作机会。

趁早失败，才能及时调整前进的方向，最终到达终点。

成功的跨界经历：

如何拿到麦肯锡 & 高盛双 offer

如何让自己成为与企业匹配的人才？这其中大有学问。

应届生的求职状况往往很极端，要么会拿到很多 offer，要么一个也拿不到。

作为一个跨行业，却被朋友调侃“offer 拿到手软”的应届生，我的经验可能会给大家一些启发，请记住以下三个关键词：

技能、经历和个人魅力。

技能	经历	个人魅力
数学能力	相关实习经历	个人独特人设
逻辑思维能力	克服挑战经历	喜爱行业的动力
语文能力	领导团队经历	申请公司的动力
时事观察能力	团队不合经历	是否愿意和你共事
学习能力		是否符合公司文化

无论是投行、咨询公司还是政府部门，以上三大板块都是他们评判人选的首要条件。

虽然父母从一开始就强烈反对我选择地理这个就业率低的专业，但我并不担心。

高中在普华永道和安永实习后，我较早地开启了职业规划。

对新入职场的毕业生来说，我会建议以下三个准备步骤：

首先，利用互联网把所有面试问题收集起来（按以上方向收集）并分类。

其次，针对每一个问题认真写出答案（这个过程会让你搞懂回答问题的逻辑和该问题对应的技能）。

最后，找到回答问题的精髓和逻辑后，我会以列表的形式把相关经历+技能都写出来，这样方便应用在不同的问题上。

第一次一定要自己摸索，使用STAR（情境 Situation、任务 Task、行动 Action、结果 Result）这个常规的回答法则即可。商业或时事问题在面试前两周多看些金融时报与研报，并把有趣的金句和案例记录下来。我们要做到的，是在与面试官畅谈时，能在提到某种趋势时给予相应的案例，尤其是最新发生的案例，这可以更好地展示出我们对商业知识的了解和热情。

对于面试总是紧张，发挥不好的同学，我建议永远不要把面试者看成比我们更有权力的人。当我们坚信自己与他们一样优秀时，我们所说的话才会更有说服力。

同时，大学实习的offer除了个人的准备，人脉也很重要。在众多实习中，麦肯锡全封闭式的春招实习给我的人际关系网带来了非常多的资源。与其说这是一个极具交易性的思维，不如说它给予了我结识一辈子好朋友的机会。我在伦敦的室友就是我的牛津同学，但由于来自不同学院，我们在大学里从未有机会认识，但在全封闭的麦肯锡的春招实习中，我们在六十多号人中找到了彼此。

凭借4%的录取率，我顺利地与其他英国G8大学的同学做起了麦肯锡实习的同事。

四年后，我顺利跳槽，也多亏了我实习时结识的朋友的帮助，他们有人在我跳槽面试的公司里工作，有人帮我介绍了非常有用的关系网。

在职场的道路上，我们一定要把目光放长远。一个假期的实习关系，很可能会帮助我们得到下一个机会，与其把其他实习伙伴看成竞争对手，不如在提升自己工作技能时，打造自己的人脉网。

最终，我拒绝了高盛这样的头部大投行，选择去了同样优秀的华尔街精品投行。当时一同实习的同事，都比我多一年或一次暑假的实习机会，但是因为我的规划较早，准备充分，这些机会最后都成了我成功转行的战果。所以，如果阅读这段文字的小伙伴也想进入金融圈，我想说，“对”的实习经历往往会比专业对口还要重要。

身为女性：
如何打破男性主场

很遗憾，事实并不像标题里写得那样“爽”。

我并没有打破男性主场，而是依然艰辛又挣扎地前行。

那种感觉就像是每走三步，就要退一步。

所谓的“男性主场”在学生时代似乎是隐形的——在校园和申请期，大家都处在同一个年龄段，生活阅历没有过分的悬殊，这意味着我们之间的“权利”和“机遇”并没有很大的差别。

在我所面对的人生不公中，很多时候都是“软性的不公”，它柔软、隐形，甚至不可见，这代表我无法用白纸黑字来控诉。

进入金融圈工作后，我所在的合并并购组就是一个典型的男性主导的战场。能进入到这家顶尖投行，尤其是一家女性占比不到 15% 的公司，我起初觉得自己已经打破了男性主场，向前走了好几步。但当我发现公司最高职位的女性也只属于中层干部，并且全公司的女性都没有结婚，更不要提什么请过产假的女性时，我才意识到未来的路有太多阻碍。在这种很知名并且组织架构清晰的公司里工作，我会很明显地在每一天中感受到它的阶级性。每一份工作，或大或小，必须要一层一层地汇报，甚至上一层会直接帮我把邮件内容全部写好，我只是个传递的机器人。开会时，主要是合伙人发言，哪怕整个文件都是我或者最底层的同事做的，但所有的问题都是由高层回答。

这种结构和文化当然不只出现在投行，但很少会有像投行这样女性极少的企业类型。

这意味着什么？

这意味着，当我坐在一个大的会议室里，除我之外，所有人的家庭背景都很像，说话的语气和语言风格都很相似，甚至连外表的长相都有些雷同。通常时候，我会有意无意地认为自己是一个外来人、边缘人。

起初，我一度认为自己过于敏感，但在和所有女同事对话后，我发现原来我们都有一样的感受。作为一名带有肤色的女性，我的感受又会比白人女性更微妙些。对于男性来说，他们并不会很明显地说出性别歧视的话语，但也会在无意识的情况下制造出让女性不舒适的环境。例如在餐桌上聊起“男性俱乐部”、高尔夫等话题，这通常都会让少数的女同事感到格格不入。这让我们作为女分析师，顿时会感觉在打破男性主场的过程中，又退了一步。

原来边缘化的行动往往是隐形的。

每每向前走，获得了机会，却又出于多方面的原因让这条路充满着很多阻碍。在各项标准下，我可以做到与白人男性获得一样好甚至更好的机会。但是，这个机会给我带来的体验和上升空间，可能是大不相同的。例如在投行的每一个工作流程，分析书都需要经历从下到上的 4 个级别，从经理、副总裁、总裁到合伙人审理过才能发给客户。作为分析师，我们每天的生活就是做好所有材料，随时待命，处理一层又一层给予的反馈意见。在这个过程中，我们会经常遇到微观管理（micro-management），从标点符号、字体颜色的细节来提议，同时我所做的任何金融模型都会一遍又一遍地遭遇挑战和调整。在入职前 3 个月，我在面对上百个反馈意见和提问时，变得越来越没有底气，选择了听从这些意见，而不是为自己在模型中的预设和选择进行辩护。直到我和关系很好，又是同一年入行的男同事聊起，他说自己的金融模型很多时候都是错的，但他会在第一时间选择为自己辩论和维护自己。在与众多高层切磋后，他现在更敢发言了。

为了抵御这样的风险，我决定做出自己的抗争。

首先，在打破男性主场的过程中，“在场”就是非常重要的第一步。作为一个少数群体，能出现在主流的环境中就已经是打破规则的第一步了，“在场”才能让更多行业内和未来的申请者们看到多样化的可能性。

其次，“在场”的下一步是“出色”。这往往也是最考验我们自信心的地方。在足球场上和职场上，我发现我需要呈现出“过分自大”的状态，才能勉强看上去是自信的。

最后，就是“发声”，把我作为少数群体所面临和经历过的问题提出来。当更多人认识到问题后，改变才可能会发生。例如，在女同事们对公司的产假政策提出不满时，事情才发生了改变。

女孩们，希望在逆境中的我们可以坚信和自信，也希望在高光中的我们，可以打破更多的规则，让所有的女孩都能获得公平公正的机会。

很多人都会饱受工作的折磨，职场上的不顺、精神上的压迫或者同事间的竞争。
不论是哪一种，都会让我们陷入沮丧的怪圈。
在这一部分，我会结合自己的经历，分享如何走出职场怪圈，进入良性循环的方法。
如果能大家带来一些启示，就是我最大的荣幸。

02 成为工作的主人

如何实现正向循环：
打造属于自己的专业态度

如何在职场的打击中不迷失自我，实现一个正向的循环？

我有一个歪理：学会变得更自大和敢于对抗。

在职场工作的两年中，我发生了非常大的变化。成就与机会不再以成绩来衡量，更多的是软实力和职场关系。

投行，是以阿尔法人格为主导的工作环境。所谓“阿尔法人格”，就是指“自信，有主见，勇于承担责任也喜欢指挥他人”的人格。

在这样的环境中，由于不自信，我或多或少丧失过机会，又因为过于听从领导的意见，使得自己陷入迷茫。

如果重来一次，我会给自己以下的建议。

首先，我们要学会理解自己的弱点，并认清“我暂时不能改变”的现实。

有顶尖高手在的环境中，冒名顶替综合征（imposter syndrome）成为常见的现状。同时，在压力如此大的工作环境中，如果我们有一颗玻璃心，那你的日子会很煎熬。很不巧，这就是初入职场的我们。

在大学时期，我第一次听说了冒名顶替综合征。在全学霸的环境中，很多同学竟然会认为自己能考进牛津靠的是运气，而不是因为她们自身超群的能力。这普遍是女孩子常有的心态。在这种自我怀疑的状态里，她们在课堂上不敢发言，在社团中也争取不到当领导的机会。

因为担心自己的成就名不副实，她们会更加勤奋。可是勤奋的结果就是更多的成功和掌声，这让她们再一次陷入害怕被识破的状态。我刚入学时也陷入过这样的心态，面对深奥的大学地理知识和身边优秀的同学，我会担心自己跟不上。同样，在工作上，身边的同事都来自牛津、剑桥等名校，我会自我怀疑。

随着自我怀疑逐渐加深，我们的敏感度也会增加。原本是针对事情的评论，我们很有可能误解成是针对自己的评价，进而导致工作中出现情绪化。相反，那些抱着“别太当回事儿”态度的同事们，才更有可能快速地进步。

我与女同事们的不自信，并不是与生俱来的。在头部投行里，很少能见到女性领导人，每个项目不仅客户是事业有成的男性，同事也都是男性。在速度快、压力大又追求效率和完美的投行工作中，几乎很少给新职员留出上手的缓冲期。尤其是工作这两年都在疫情期间度过，居家生活更少了面对面培训的人情味。在全部转为线上开会的职场生活中，好的机会往往留给了那个说话声音最大、做事最果断的同事。

在职场的这两年，我眼看着一起入行的皮特（化名）成了大家公认的好员工。尽管只是分析师，但他同样可以完成上级交办的工作，甚至直接领导团队与客户对谈。当然，皮特并不是总能把事情做对，但是这种参与方式让他的职业生涯有了一个很好的起点，大家能够清楚地看到他的思维过程，并让他进一步参与到战略讨论中。

这是一个向上的循环，参与得越多，学到得越多，你就越有信心。因此，当与他同组的其他同事还只是接受待办事项时，他实际上已经能够参与讨论并制订方向。同时，我的另一位女同事，她的学历和能力都和皮特一样优秀。可她在入职的第一年里，无数次地陷入自我怀疑和挣扎的状态。直到最近，她才慢慢获得了领导的认可。

从恶性循环中跳出来，等待我们的就是自信向上的循环。

我要尤其感谢的一段经历，发生在 2020 年 12 月。那时我刚入职 3 个月，与儿时最好的朋友朝雨（化名）通电话，她很自信说到在国内风投实习时，她的能力明显是很出色的。我被她的自信心震撼到，当我询问原因时，她称作为常青藤理科生的经历让她的逻辑能力很强，对新鲜事物和相关领域的学习能力更强，工作都能快速上手。同时，在整个实习中，她会努力争取和享受与各领域“大神”的沟通。

与她聊天后，我开始反思，这不就是我曾经的状态吗？不害怕任何事情，喜爱闯荡不同领域。

那次对谈后，我把自己和朝雨的合照换成了手机的壁纸，这让我每次看手机时都记着：我们都很厉害，要相信自己，顶峰见！

从那以后，随着自信心变得更强大，我的话语权也逐渐增强，在工作上也更顺手，并且学会了享受投行的工作。

学会相信自己，并争取更多的机会，才能够在残酷的职场中实现正向循环。

要成长不要内耗：
坚决拒绝“内卷”

“内卷”这个词，是近两年的热门词汇。

我第一次认识“内卷”二字，是在抖音评论区里看到的。那时，我通过拍短视频的形式，向大家分享我每天忙碌的生活，然后看到有网友善意地调侃：你这太卷啦。

这让我了解到“内卷”这个词的意思。

在了解了这个词的意思之后我也在思考，到底怎么做才可以在“卷”的大环境中，向上又快乐？

答案是：不要乱了自己的节奏。

在正常工作、跳槽准备、家庭陪伴、身体健康中找到自己舒适的节奏。我尝试过一边工作，一边趁工作强度低的时候学习新领域的知识。但我发现，这种交叉性的频率会让我两边都不扎实，所以我开启了时间阻塞（Time blocking method）。

这是一种时间管理的方法。我要把所有要做的事情划分为不同的特定任务，把每一天的工作放在日历上，规定在这一阶段内，只专心做这一件事。在这种节奏下，我每天早上 8～9 点

学习的时间就全部用来做跳槽准备，写书永远是晚上或周日下午的工作。因为只有这样，才可以和全身心扑在投行的同事获得一样的进步，同时又可以顺利发展其他领域。

“内卷”，其实从投资的角度看，就是我们为了有限的资源，付出更多努力去争取，这自然会导致个体的“收益努力比”呈现整体下降的趋势。

所以，当我知道自己会跳槽，并且也享受内容输出的过程与收获时，我自然不需要违心地参与投行里的内卷活动。

在投行工作，不仅在公司里内卷，工作结束后大家也有着多样的应酬和聚会。在 10 次邀请中，我会拒绝 9 次，因为我心中总会有一个小算盘：

参与这样的聚会，我将丧失和哪些我更在意的人的聚会？

如果这场聚会时间长、时间

晚或者需要喝酒，会影响我下一步的具体安排吗？

这个人未来能给我带来多少实际价值？

如果我的时间很闲，跟他在一起我会快乐吗？

保持自己的节奏，以自己的频率来工作，清楚自己内心所想，就可以在很大程度上抵御“卷”的痛苦。

只有当我们以自己为主时，才不会沦为系统、社会、组织“内卷”的牺牲品。

最重要的是，成长要以内心作为那把最重要的尺子。

现代很多职场人都会面临的问题：现在的工作不喜欢，如何跳槽?

跳槽，不光意味着工作环境的变化，也意味着薪水、职业方向、领导方式等多种元素的变化。

我认为，如何认识跳槽，并在跳槽中获得自己想要的，比仅仅为了增加薪水更加重要。

跳槽的目标
不仅仅是薪水

走出就业迷茫期：

靠努力就能实现的愿望

在22岁的最后一个晚上，我写下了这样一句话：

> 许了个靠自己努力就能实现的愿望，这就是踏实又幸福的感觉吧！

那个时候的我正在准备换工作，已经经历了10多次面试，收到过拒绝信，也收到过并不那么心仪的offer。幸运的是，每一次的面试，都让我更加确定了自己想要什么，以及哪些是更适合我的工作。所以当我在500个申请者中得到风险投资的机会时，我意识到自己离最终的选择越来越近了。

同每一个刚步入职场的年轻人一样，在工作的这一年里，我屡次在迷茫和焦急的边缘打转。我从小就是一个目标很明确的女孩，但现在，我却意识到自己不太清楚下一步该怎么走了。

在投行里，跳槽是一个非常重要的职场动作，它不仅意味着你可以拿到更高的薪水，更重要的是，这意味着你找到了一份更契合自己的工作。

我的成功跳槽，建立在长达8个月的准备上。

我把这8个月分为3个阶段，分别是“求助”“练习”和“反思”。

第一，求助阶段，向现公司前同事和周围认识的人们请教。我建议大家最好选择比我们多2～3年经验的前辈，因为他们会对现在跳槽的情况更了解，对行业发展趋势和猎头信息的掌握也更准确。

在这个阶段，给我带来最多帮助的学长比我在投行早干了一年，并且很顺利地跳槽到了他理想的对冲基金。他在跳槽的时间、头部猎头公司和现阶段的专业培训方面，都给我提出了很多宝贵的意见。同时，他也让我认识到自己还有7个月的准备时间，可以在此期间向更多同行业的人请教。

同时，我在这里分享一个小技巧。一个很重要却容易被很多人忽视掉的隐藏人脉网，就是企业人事部门或者猎头。当猎头成为我们的人脉后，往往会对我们跳槽起到非常大的作用。起初，我从未考虑过成长型风险投资，但是在我与一位头部猎头的前辈长达1小时的对话后，她觉得相比私募，我更适合早期的机会。那时的我，入行仅半年，资历不够。因此，她给了我十几页的参考资料。最终，我通过她的公司，找到了合适的工作。

很多人可能误以为我会因牛津的身份在人脉上获益，但事实上并不是。我的很多指路人，都是我自己找上门、主动结识的。

主动，是我从小烙印在心底的关键词。比如，我们可以先在领英、脉脉或者其他招聘平台上联系上猎头，同时为自己选择一个独特的故事（我会使用9岁开始出国留学，大学期间做自媒体和慈善的标签），增强对方的记忆点。

第二，练习阶段。

跳槽意味着工作内容的迭代，对于跨行业的跳槽来说，需要准备更多的报告，储备更多的知识。庞大的知识量可能会让人望而却步，但是只要肯练习、肯坚持，努力是会得到回报的。

从我个人的学习经历来看，我会把看似非常巨大的学习任务分解成每周和每天的计划，并把自己的目标分为三个方向：

- 观看大学里私募教程的录播+碎片化时间听播客（理论+专业性提高）。
- 学习和搭建模型（技能提升）。
- 行业深度探索（获取案例）。

在拥有了足够多的知识和技能后，最后一个阶段就是不断地反思和复盘。

我喜欢的方式是面试。面试多个赛道、多类公司，并在面试后复盘：这家公司和这类行业是否存有我不喜欢的因素？它能给我的新机遇是不是我真的想要的？

从晚期私募投资到初期成长型投资，从中国、德国到英国，从生物医疗到电动汽车……这是一段花费很多时间和精力的过程，却帮助我树立对未来更加明确和坚定的认识。

记忆深刻的是，有一次我在一家医疗头部投资公司面试，在 1 周半内，我完成了 4 轮面试，每一轮均长达 1 小时。正常面试还是很有趣的，在最后常务董事给我的直接反馈是“你没有在生命的每时每刻都想着私募”（You are not living and breathing private equity）。他认为我没有真正对这份工作感兴趣，以及为此努力付出。他说，他愿意半年后与我再对谈，只要我接下来能改变我的思考方式，对投资医疗深度了解，我就可以再获得机会。我很感谢他，本应是“是或不是”的面试，他却在最后 20 分钟给我指出了接下来如何取得进步的方法，并给予了我这样没有过多经验的年轻人第二次宝贵的机会。

在这样的环境中结束一场面试，给我最大的感受就是一种安全感——只要踏实努力，就会得到想要的机会。

但同样，他的那句“每时每刻都要想着 × ×”的提点，也让我认真反思了自己对晚期私募投资的兴趣。在认真地复盘一周后，我确定这份工作和投行带给我的利弊很相似，这并不是我想要的工作和未来的人生。因此，接下来我探索了早期一点的成长型投资，具体的金融内容就不在这里细说了。

诚然，我的跳槽经历可能更适合金融界的小伙伴们。但无论在哪一行，这种找前辈咨询、埋头练习、多面试、多反思的步骤，一定能让我们更清楚地了解不同工作的制度，也能更清楚地了解自己最终想要的是什么。

跳槽面试的谈判技巧：
“点亮”个人经历

不论哪个行业，跳槽都是职业生涯里的重要一跃。

跳槽的面试，需要比毕业生求职面试注意更多考核维度。

以金融业为例，主要是以下三个维度：**扩展业务的能力；长期型人才；内部管理的能力**。所以当我们刚入职时，不仅需要把眼前的工作做好，还要把视线放远，知道哪些方面需要更

大学毕业个人魅力	就职跳槽所需个人魅力
个人独特人设	潜在资源
喜爱行业的动力	是否会长久在公司效劳
申请公司的动力	领导力
是否愿意和你共事	
是否符合公司文化	

细化。

成为长期型人才是相对容易的，我们只需要有足够的诚意就可以。如果你刚入职，领导力可能需要在工作外或公司内部活动中才可以体现出来，校园招聘、负责实习生、公司的慈善项目都是很好的机会。它不仅体现我们愿意为公司付出额外的时间，展现领导力，同时也有助于增加与高层管理者相处的机会。一般这种活动会有高层监督，但是活儿都由底层内部人员来执行。这会让我们拥有很多和领导一对一进行沟通的机会，对内、对外都是一个好的选择。

拓展业务的“潜在资源”是最微妙的，毕竟并不是人人都有社会资源。作为英国的外来人，最好的资源就是国际化。可是有着不同国籍身份的人很多，我该如何利用自己的能力呢？

“点亮”自己，需要一定技巧。在这里，我举一个金融投资的例子。在热门的科技赛道中，我选择先分享目前最有连接性和热门的领域。我把目标首先放到了跨境电商上，毕竟这1～2年里，很多跨境电商的融资、市场扩展、供应链创新都在一次次地吸引着投资人的眼球。因此，我便选择深度了解这个赛道。在读取中国和西方不同的研报时，也会与创始人团队多次聊天。因此，当面试官很细节并犀利地提问我关注的赛道和具体问题时，我都可以自如地回答。

面试官所观察到的亮点是我对中国趋势的了解和关心。而实际上，我只是更用心地读了更多研报，并探索性地参与了相应公司的面试。

点亮自己不仅需要我们认识到自己的优势，也要认识到我们在别人眼中的“长处”。

让“亮点”可见，是最重要的。

我的跳槽经历未必适用于每一个人，但我相信，在求职中大家都会遇到相似的困境。我希望我分享的内容有助于大家找到自己的人生规划。

希望每一个人都可以把自己鲜活的人生点连接成线，找到属于自己的发光点。

薪水比你想象中重要：
如何量化你的价值

在跳槽前，有同事曾经问了我这样一个问题：公司待遇已经翻倍了，为什么你还是选择离职？

2022年年初，这是我面临的重大选择。最终，我辞掉了华尔街这个低调的头部精品投行工作。

在成年人的世界里，金钱自然是安全感的必需品。投行又是一个只要你肯付出，好好干活就能保证稳定的职业。

在这种状态下跳槽，我的机会成本的确很大。

我是如何看待这一风险，做出决策的呢？

我的原则是：适合大于一切，选择大于努力。

对于我这份工作来说，最重要的就是选择行业+赛道。

如果大方向不对，自身的进步就会有局限性。行业和赛道的知识需要的是自我研究、线上学习和请教他人，我对这三个方向的心得已经在书中多次提过了。不过，在跳槽初期我也很迷茫地看了多个赛道，包含医疗、软件投资、科技消费和可持续发展。

我的表格决策图再次出现了。以下“交通灯”的方式，让我最终选择了科技消费。

由此得出结论，“绿灯”和“黄灯”是可持续性投资和科技消费，这是两个我都很热爱并且合适的选择。

	个人经历匹配度	长期价值	热爱程度	
医疗投资	在投行时主要负责医疗项目	医药创新	专业度不强，没有很大的热情	
科技软件	专业经历为零，但作为投资者的金融技能可达标	同科技消费	商业模型很有趣，但有时过于一致	
科技消费	博主身份让我对新媒体软件 + 新消费更加敏锐，但是没有具体实际工作的经历	循环经济，App 平台（医疗、金融）都可以让资源获取更普及，也更环保	最爱！看这些企业时很快乐	
可持续性投资	地理专业 + 长期不盈利经历	气候变暖 + 社会价值的提升	热爱一切和可持续性有关的内容	

在挑选 3 个月后，我需要在英国最大的可持续性风投资金和欧洲头部科技消费上市投资公司中做出选择，最终我选择了后者。

很多人认为拒绝一家公司的 offer 后，就和这些公司无缘了。实际上，在投资行业，每个人都很重视关系链。所以当我认真地说我不想把路走得太窄，希望先学明白投资再做可持续性投资时，第一家基金的合伙人都对我留下了很好的印象。在日后，他们竟然把我推荐给了其他头部投资公司。

真诚通往一切，最真实的理由往往是最好的。

最终就是薪水和待遇的谈判。在谈判中，我把总工资提高了 15%，虽然上升的比例不是很高，但这

	投资阶段	结论
	只适合晚期投资，看不懂前期创新药	我不喜欢晚期投资，更没有热爱
	早 – 晚期	都很好，就是没有过多热爱
	目前属于早期 + 中期的风口	除了没有完全对口的经验，其他标准全部达标
	早期风险投资 + 中期成长型投资 虽然是风口，但很多基金才开始做，没有记录可循	未来很愿意专攻的领域，但是可持续投资需要懂投资和可持续衡量。我更希望钻研前者

却是我的第一次薪水谈判。

说实话，我能想到谈薪水，完全是被桑德伯格（Sandberg）所启发的。在此之前，我已经收到了第一个跳槽的offer，但完全没有谈涨薪的事。因为在我的认知里，对于刚毕业的新手来说，投行工作的底薪都是一样的，所以当时的我根本没意识到我是有权利谈涨薪的。桑德伯格说："作为女士，你不会像男士一样觉得你应该理所当然地提高薪水，你总是需要给出原因，辩解自己。"

在看到她这番话后，我才察觉，就像冒名顶替综合征一样，我没有自信地认识到自己的价值。所以从那以后，我觉得自己的价值永远都不是被市场单单定义的，任何标准都有可谈的空间。

我用了三个步骤来谈加薪的事，希望对大家有参考价值。

第一步是分析宏观原因。不同城市会有不一样的生活成本，在伦敦工作几乎就是在全世界消费最高的城市工作。如果是欧洲总部决定薪水，那我大可以以伦敦生活成本的提升来作为理由一。理由二就是通货膨胀。由于国际关系等原因，如今电费和物料的价格都在高升。随着通货膨胀的进一步加剧，工资也理应随之浮动上涨。

第二步，适度提升目前薪水的报价。我把薪水总数适量地提高了 10%，让他们意识到这份工作对我来说没有过多的金钱诱惑，我也有时间可以边上班边看其他行业的职位，进而获得优势谈判地位。

最后一步，对比行业薪水。这不是我收到的第一个 offer，更不是我第一次打探到的行业的薪水。我简单地做了一个表格，衡量其他企业的薪水。在这里，我很感谢所有帮助过我的猎头。很多猎头会从一开始的专业关系到最后成为朋友关系，他们会主动和我分享不同公司的工资等级。有了这些宏观认识、行业标杆和个人原因，谈薪水我也能自信满满了。

我想说，任何一份工作，我们都要尝试谈薪水。因为当其他一切都很难量化的时候，薪水是肯定价值的唯一指标，它体现了我们的工作价值。

对于很多女生来说，我希望大家不要羞于谈涨薪，因为很多时候，我们无须为自己辩解，我们的工作价值就值得更高的报酬。

PART 4

探索人生，我们都在路上

现代的公益，是人人都可以参与的公益。

公益不单单是单向的捐助，也是双向的互动。

我认为，在公益中我们收获的不单单是施以援手的成就感，也有自身利他能力的提升。

我们要爱这个世界，也要会爱这个世界。

01

让公益成为日常

为什么做公益：
用影响力成就影响力

我对公益的认识经历了非常大的变化。

一开始，我对公益这个领域并不感兴趣。一方面，我存在一些偏见，认为公益是有钱人玩的游戏，在“善”的名义背后，可能牵扯着数不清的利益纠葛和虚假纠纷；另一方面，我认为这个世界是有因果的，从小的经历让“努力就会有回报”这句话烙印在我的脑海里。

当我进入牛津后，我的认知被颠覆了。我开始认识到，我的所谓“逆袭”和“成功”的背后，虽然有我努力的成分，但也是因为我“足够幸运”。相比于这个世界上很多挣扎在温饱线上的人，我所要克服的困难和不公仅仅是资源和信息差。凭借着自己的努力，它们是可以被跨越的。

在牛津，周围人和老师们的观念逐渐让我意识到，结构性、系统性的不公造成的困境，会让很多不同维度上的边缘人群就算用尽所有的方法和努力都无法突破的自身遭遇的困境。

“很多人努力了一辈子，都超越不了别人的起跑线”这样的话，是残酷的现实。

我们不能以“物竞天择，适者生存”这样社会的观点去看待社会，而是要以悯弱的、善良的态度去看待不同人遭遇的困境。

我的老师告诉我，可以用下列“我可带来的社会力量”和“如何扩大影响”这样的方式，厘清在慈善上什么是自己能做的，以及如何“扩大影响力”。

我可带来的社会力量	如何扩大影响
信息传播：留学，牛津 / 剑桥申请，职场经历	从一对一分享到自媒体传播（无门槛） 专题讲座 写书分享
资源平均化	参与公益组织，师徒配对 有效捐款 / 募捐
女性力量	分享价值观

在牛津大学的申请书中，我曾经期待自己可以通过地理学了解为何城市与国家会存在不平等。在进入大学学习后，我逐

渐意识到，我的知识、认识，也可以给予需要的人帮助。

对我个人而言，除了参与募捐以外，也可以通过分享个人的成功经验、输出有效价值观，来帮助那些身处逆境的人。

基于自己的身份和经历，我认为在慈善上可带来的社会力量，主要是“信息传播及经验分享”“平均资源”和“女性力量”。

“任何一个普通人都有他的社会价值”，再微小的影响也可以产生巨大的能量。做公益，不仅是有钱人的事情，也是每一个普通人的事情。它弥补的不仅是金钱上的鸿沟，也是信息上的天堑。同时，做公益的过程也是我们不断挖掘自身优势，向内探求的过程，可以帮助我们更好地认识自己。

通过与外界积极地建立联系，我们可以充盈自己的生活。毕竟，一个人可以无止境地获得成功，但如果无法与外界建立良好的联系，他只会陷入无止境的空虚中。

我们要追求自我实现，但最终极的实现，是发挥自己的价值。

扩展自我的利他能力：

学会有效地善良

前文提到，做公益的过程是我们不断挖掘自身优势，向内探求的过程，之所以这么说，是因为我发现，做公益可以很直接地提升我们的利他能力。利他能力的提升，不仅能让我们更有效地去做善事，也可以帮助我们提高认识自我、认识事物的能力。

比如，当我想要利用自己的优势更好地做慈善时，需要清楚地认识两件事。

第一，自己有什么优势。

第二，能否利用好自己的优势。

这就需要不断地向内探求。在第一步，我分析出了自己可以利用的优势主要有三种：信息传播、平均资源和女性力量。

那么，下一步我就需要分析自己性格中的哪一部分，可以帮助自己更好地做利他的事情。

就我个人而言，我认为自己性格中有三个特点有助于利他：

• 我是一个有自信且野心外露的女孩，这个特质可以启发我身边的人与互联网上的朋友。

• 我是一个追求实操和理性的人，这个特质可以帮助朋友走出难关和困惑。

• 我是一个踩过很多坑又非常愿意分享的人，这个特质可以提醒身边的人避免犯下同样的错误。

在分析的过程中，我更清楚地认识了自己的性格特质，也意识到我可以努力“发扬”这些特质，进而帮助别人。在利他的过程中，我们需要找到自己的“闪光点”，这可以让我们更加自信，也更加勇敢。很多 20 岁出头的年轻人总担心自己过于“自信”，觉得谦逊、低调是好品质，但我认为，只有清楚地认识自己的价值，我们才能找到更适合自己的赛道，并坚定地努力前行。

我的第一次“利他”是在 19 岁，当时我接触了一家普升机构（Project Access），他们的主要工作是帮助弱势群体的孩子考进名校，而我的身份是首席研究员，负责对威尔士地区的学生进行调研分析，并帮助他们。在两个月的研究分析结束后，我发现，在高考成绩水平同等的情况下，相比于英格兰的学生，威尔士的学生更容易放弃名校。背后的原因除了教育资源的不平等外，更为重要的因素是心理上的“恐惧”。这些成绩优异的学生担心自己被排斥、恐惧于自己的能力不足，进而神化了牛津、剑桥的学生，并认为自己“不配”上名校。

在我组织的多次线上和线下的分享中，越来越多的当地学生了解到牛津学生的现状，了解到原来大家都是怀抱着不安和自我怀疑的态度进入名校的，自己并没有什么不同。在与牛津学生的接触中，他们逐渐树立了自信心，也弥补了信息差。

对于他们而言，最重要的是打破信息差所带来的迷茫和怯懦，认识到自己“更多的可能性”。这段经历也帮助我树立了“要自信迈出那一步”的心态。

我相信，在做慈善的路上，能力越大，责任越大。但我更相信，任何人都有利他的能力。当我们努力地去利他的时候，我们开始懂得如何有效地“善良”，也开始懂得善良不是一句“鸡汤”，而是需要切实的行动、积极的努力来实现的。

近两年，“和解”这个词的运用非常频繁。
我们开始学会和失败和解、和坏心情和解、和家庭和解，甚至和自己和解。
和解，并不仅仅意味着一种自洽，也意味着往事如风，但过往的一切皆是序章。
它让我们怀着宽容、美好、感恩的心情，更好地前行。

02 家庭与自我的和解之旅

与时间握手：
原生家庭的和解论

与家庭的关系，是每个人需要毕生探索的课题。

原生家庭论是这两年非常流行的观点。就像我在这本书的开头所讲过的那样，一个人的童年往往会对其性格产生深远的影响。

家庭会带给我们温暖，但同样也会带给我们伤害。当我们与原生家庭和解，实际上就是与过去和解，与所有在过去遭受过的“苦难”和解。

有些人会宣扬“原生家庭决定论”，认为过去不可改变，一个人的一生早已在他童年时写尽了，但我不赞同这样的观点。我认为，和解是我们拥抱时间的方式。往事不可追，现在和未来往往掌握在自己手里。

在写这本书时，我刻意在前半部分留出了关于我经历的空白，这种刻意并不代表我的懦弱和回避，而是想要避免读者可能产生的固定思维。

而现在，我想更全面地分享我的“过去”。

从小，我不仅像前面所讲述的那样，是一个自信、有野心的女孩，同时还是一个没有安全感、容易产生自我怀疑的女孩。我的成长经历很极端，不管是家庭收入、父母关系、同学关系还是自我认知，都发生过非常大的变动。

我的父母在三四十岁的时候有了我，作为“老来得子”的那个“子”，我从小就被他们视为掌上明珠。

四岁以前，我可以说是过着“小明星”的生活。每次父亲的公司拍宣传广告时，总会给我找到一个上电视的角色。我的母亲也会在各大会议和年会上给予我表现的机会。现在回想起来，一个小女孩在上百个人的年会上朗诵着《三字经》的场景，似乎十分滑稽和尴尬。但种种被动展示的机会，都让我认定自己是一个非常优秀和出色的小孩。

父母极端的宠爱很容易导致溺爱，让我变得越发自大，也越发以自我为中心，习惯了所有事都“说一不二”。可想而知，我这样的性格，在进入校园后，是很难交到朋友的。进入学校以后，我成了那个容易得罪人、爱争强好胜、不讨喜的孩子，这让我感到十分失落和沮丧。

而父母的关系，也在我看不见的地方悄然发生了巨变。我从一个人人羡慕、备受宠爱的小孩，变成了一个母亲教育我要靠自己撑起一片天的“大人”。母亲总说，别人就像一面墙，总是会倒的，只有靠自己，才能真正撑起自己的未来。至今我记得她讲这些话时的神情，而我此后独立又野心勃勃的性格，也似乎在那个时候就决定了。

那个时候的社会氛围不比今天开放，离异家庭会遭到很多不友好的社会评价。父母因为担心我的未来，在不幸福的婚姻里纠缠了三年之久。争吵、愤怒、悲伤和埋怨，这些情绪充斥着我的童年。现在回想起来，一切悲伤都幻化成了卫生间里只剩下碎片的结婚证书。美好的过去成了一幅画，永远定格在了那个镜头。

这样心碎的经历，让我很长一段时间里都对人的情感和关系抱有强烈的不安和不信任。9岁出国留学，我不仅是希望自己在学业上可以重生，也是希望自己可以逃离那个令人伤心的地方。但当我离开家后，我开始感受到一种深深的愧疚，尤其是对一直支持我、爱护我的母亲。一方面我需要不断向前，证明自己，另一方面我又内疚不已。这样纠结、矛盾的情绪，伴随了我整个青春期。

随着异国的成长经历渐渐丰富，我逐渐填满了那个不安的自我，开始逐渐认识到，自己其实不需要打赢每一场仗。失去和得到，不再是对立的关系。有些时候，我失去了很多东西，但也得到了很多成长的经验。那些不好的经历虽然改变了我，让我失去了完整的家庭和温馨的成长氛围，但同时也让我获得了最宝贵的“自己”。在异国他乡的这些年，我得以成长，我得以向外获得，得以向内探求，逐渐地见到了更广阔的世界，获得了更真实的内心。

现在的我变得平和，也变得宽容。现在的我，坚信“纷纷万事，直道而行”。我需要的，是与时间握手，是认清自己的目标，并不断地向前。

悦纳自我：

人生是一场自我的修行

21 岁这一年，我迎来了人生最煎熬的两个月。

2020 年，疫情暴发初期的 3 月，我正值学业的攻坚时刻，需要努力完成自己的毕业考试。但最不幸的事情落在了我的头上，我感染了新冠肺炎，那个时候的病毒危害性极高，我只能在三亚的隔离酒店待着，积极治疗，等待康复。

在被送上救护车的路上，我告诉了母亲这个消息。由于对病毒的未知和恐惧，万般情绪涌上心头。我对她说，这辈子能做她的女儿，是我最幸运的事。

迷茫、委屈、恐惧淹没了我，躺在病床上，我一次又一次地想问自己，为什么是我？我的学业怎么办？我的未来怎么办？

虽然医护人员积极地帮助我，但在治疗的过程中，我还是遇到了大麻烦——我的免疫力一直上不来。这就意味着，病毒对我的威胁依然很大。

由于隔离，我必须长时间一个人待着。这就意味着，我必须独自面对病毒，以及所有的恐惧。

每天跟死神面对面，现在说起来似乎是一件轻松的事，但在当时，真的很不容易。我只能不断地给自己加油打气，告诉自己，你可以的！

我每天都硬着头皮告诉自己，一切都会好的，所有的磨难都会过去。在这样的过程中，我渐渐地开始坚信，这一切都是黎明前的黑暗。

不知道是不是因为心理作用，我的免疫力也渐渐上去了。

我开始给自己“找事做”，好心人给我送来了折叠桌子和椅子。为了克服恐惧和焦虑，我把自己要做的事详细地做了长达两个月的规划。白天，我主要的事情是学习、运动和录制抖音视频。晚上，我刷剧、和家人视频。希望通过繁忙的任务清单消解病毒带来的情绪问题。

但就算如此，我还是在多个连续失眠的夜晚后，情绪反复，崩溃大哭了。

我意识到，这次的困难不再是可以轻松越过的小坎，疾病可以治愈，但我的心只有持续与自我对话，才能治愈。

我没有气馁，开始听《金刚经》，每天做冥想。不再试图通过“忙”的方式逃避负面情绪，而是真正地开始面对自己的内心。

我开始细数自己过往的种种，收获和失去，快乐和痛苦，惊喜和遗憾。那些过往的经历，就像一颗石头被扔进水里后激荡起来的涟漪，渐渐地都鲜活地出现在了我的脑海。

我开始意识到，人生，是一场自我的修行。

而每一次的磨难，都像游戏里打怪升级一样，只要熬过去，就会获得巨大的成长。

我开始变得坦然。或许是这份坦然让我的表达变得更加从容，在这段日子里，我的抖音粉丝暴涨40万，他们的关怀和支持不仅让我获得了外界的力量，更让我在无味的日子里激发了更多灵感。

而在学业上，我更是以最高荣誉毕业，结束了我在牛津的学习生涯。

与自我和解后，我在生活中遇到事情也不再选择逃避。我认知自己的焦虑，并尝试接纳自己，最可贵的是我很舒适并享受自我的成长。

这场疫情给所有人都带来了不同的痛苦与挣扎。但更多的，也给大家带来了思考，有对自己的，也有对世界的。希望在所有的不幸中，每一个阅读这本书的人，都可以找到属于他的那束光。

故乡千里待归人，脚下一寸向前行。

人们常说，仰望星空，脚踏实地。

那片我深深眷恋着的土地，就是我的星空。

而我每一寸的生活，都是在星空的照耀下前行的。

远方的故乡和脚下的路

故乡千里待归人：
那片眷恋着的土地

作家麦家之前在接受媒体采访时曾说过一句话：故乡属于离乡的人。

第一次看到这句话的时候，我正从叹息桥旁走过。

牛津的赫特福德桥（Herford Bridge）又叫叹息桥，因为形似威尼斯的叹息桥而得名。威尼斯的这座桥连接了威尼斯公爵府的审讯室和监狱，浪漫主义诗人拜伦认为，当死囚犯结束审讯走向监狱时，站在桥上最后看一眼威尼斯的美景，可能会发出一声叹息。

这个传说很美，但有时候我会想，当犯人站在桥上的时候，遗憾的究竟是眼前蜿蜒瑰丽的城市，还是那个养育自己的故乡呢？

就像我一样。青春期有段时间，我渴望融入英国，所以不论是穿着打扮、言谈举止还是思维方式，我都强迫自己“西化”，以此来获得安全感。

随着年龄和阅历的增长，我逐渐意识到，不是这样的。一个人的故乡是他内心深处的根，无论怎么改变外部的形状，滋养他内心的，依然是那片最原始的土地。

我把这样的感受分享给朋友，很多人都不理解。他们说，赛茜，你明明从9岁开始就离开了故乡，为什么还对它有这么深的感情？

有时我也会产生这样的困惑。我真的如此眷恋那个我生活不过十载的地方吗？直到我看到麦家的那句话，才有了醍醐灌顶之感。

他年少离家，却是在人过中年后才拿起笔，记录那片曾经生活过的土地。可见，人与故乡的关系，往往不是用时间来衡量的。

我在英国的这些年，一方面，习惯着非常西式的生活和学习方式，另一方面，亚裔的身份始终是我无法磨灭的标签。它带给我骄傲，也带给我少数派的窘迫。但不论是哪一种，都已经与我的成长紧密相连、密不可分了。它如影随形，一直都在。

每每回到祖国，回到家，回到属于我的小屋，我才会感受到一种踏实的安心。

漂泊的浮萍停了下来，找到了属于自己的灵魂之地。

那种踏实、安心，是真真切切的。

故乡，属于离乡的人。

当我待在家里的时候，没有特别的感觉。当我离开家时，才会有深深的思念。

但是当我再次回到家，我才发现，原来这才是被完全接纳、完全包容，完完全全属于自己的感觉。

这片土地，始终是我灵魂回归的地方。

脚下一寸向前行：
从每一天开始努力

如果我们回到 2008 年的夏天，你问我未来的赛茜会是什么样子，我一定想不到我真的考进了牛津，喜爱上了地理，并且成了自媒体博主。

那个小女孩，不仅对自己没有自信，还对这个世界知之甚少。

很多影视剧都设想过这样的场景：长大后的自己和过去的自己对话。

我们对于过去的自己，总有种种遗憾，想告诉曾经的自己少走些弯路。那么，如果现在要让我跟过去的那个小女孩说些什么，我想我可能会分享五个建议给她：

第一，成功不要趁早

不要太着急。我最想告诉她的是，人生可以不必那么匆忙。

远方要抵达，但不要错过路上的风景。过去的我总是喜欢用年龄来衡量成功，这让我成长得飞快，但代价也很惨烈，那就是我很难“享受当下”。每个休息日、每分每秒的休息时间，我都像上了发条一样，斗志满满，从没有享受过无忧、天真的童年时光。但事实上，这样的生活方式不仅给自己留下遗憾，也让关心我、爱我的家人受到“焦虑”的影响。安静地积累，切实地享受每一分钟，不论它属于奋斗，还是属于休憩，都是最美好的时光。

第二，了解自己的不安

这些年，我心智上的成长集中于向内心的探求。了解自己，似乎是我一生的功课。为什么这件事会让我这么激动？为什么我会这么要强？为什么我很讨厌失败？以及我为什么会如此不安？通过对这些问题的思索，我不断地和自己的内心对话，并试图了解自己。因为我发现，只有当我真正地了解了自己，我才能更好地调节自己。所以，如果可以跟过去的自己对话，我会告诉她，要学会把注意力从外界转移到内心，这样你才可以抵御人生中的那些风风雨雨。

第三，保持无畏和勇敢

不忘初心，留住那个无畏的小女孩。这句话既是对她说的，也是对现在的我说的。9 岁那年，那个小女孩勇敢地选择了一个人出国留学。那个时候，她如此的无畏。但后来，当我渐渐地拥有了更多的东西，我发现我开始变得怯懦了。因为担心失去，所以不敢迈出新的一步。但我深知，人生的乐趣在于尝试和体验不同的美好。只有拥有骑士般无畏的勇敢，我们才能不断向前。抛下“包袱”，才能抵达全新的下一站。

第四，早些关注社会价值

关注社会价值，实际上并不只是一件“向外”的事，它帮助我们塑造内心的价值评判体系。此前，我总是将个人成功视为人生的终点，但随着我渐渐开始关注社会后，我发现成功不是我想象的那样狭隘。只有当我们理解了社会中每个人面临的不公和艰难时，我们才能真正找到自己在这个世界上的坐标，明白只有通过自己的能力给社会带来价值，才能真正获得幸福和成就感。我们一生所向，目标究竟是在哪儿？关注社会让我们更有目标，也更有力量。

第五，爱自己

童年的经历，带给我的是内心深深的不自信。在成长的路上，我努力地“变强”，努力地“变美”，我疯狂健身，并且学会化精致的妆容。但后来我慢慢意识到，这些努力都服务于外界的评判标准，而非我真正想要的。简单来说，就是我“不够爱自己”。现在我依然在这门功课上不断努力，也学会了当自己的尺子，更关注自己的感受，而非外界的评判标准。自信需要发自内心，而非建立在虚妄的评价之上。

人们常说，仰望星空才能脚踏实地。

于我而言，人生的目标、价值、理想都是我头顶的星空。但实现那些遥远的梦，需要的是日复一日的修炼和前行。

脚下的每一步，都需要我们不断地努力。

后记

截止 2022 年，我已远离故乡和家人十四年了。在写这本书时，大部分的时间我是情绪化的，因为我需要一次次回想人生中高光和低谷的时刻。

有些快乐是那种再也回不去的无忧无虑，有些悲伤又是很庆幸自己挺过了这一关的无奈。

在瞬息万变的生活中，我想感谢那些一直支持我的重要人物。

我的父母，感谢你们长久以来在我的身后支持我，让我有敢闯敢拼的动力。

感谢我的大家庭，一次次地把我放在舒适圈外，毫不留情地教育我却又无数次地给予我爱和力量。

感谢读客文化的编辑的耐心和鼓励，让我在平衡写作和工作的两难中，总能乐观地继续书写。

感谢在感染新冠住院隔离的 2 个月中，每一位照顾我的医疗工作人员、家人和在网络上支持我的网友。

感谢所有导师，愿意发掘我的潜力并给予我学业上的自信。

感谢从小一起长大的朋友婷婷，让我懂得友情的力量。

感谢在大连、北京、利兹、牛津和伦敦的所有朋友们。谢谢你们总是热情地在新的城市迎接着我，陪伴着我探索未来和接纳我的一切。

最后，感谢读者，愿意陪着我回顾人生的精彩。很高兴我可以通过文字的方式认识你，希望未来的我们可以共同成长。

2022 年 4 月

赛茜

推荐书单

01.《助推：如何做出有关健康、财富与幸福的最佳决策》

作者：[美]理查德·塞勒／[美]卡斯·桑斯坦

出版社：中信出版社

02.《思考，快与慢》

作者：[美]丹尼尔·卡尔曼

出版社：中信出版社

03.《你当像鸟飞往你的山》

作者：[美]塔拉·韦斯特弗

出版社：南海出版公司

04.《渺小的伟大》

作者：[美]朱迪·皮考特

出版社：中信出版社

05.《金融炼金术的终结：货币、银行与全球经济的未来》

作者：[美]默文·金

出版社：中信出版社

06.《鞋狗：耐克创始人菲尔·奈特亲笔自传》

作者：[美]菲尔·奈特

出版社：北京联合出版公司

07.《一生的旅程：迪士尼 CEO 自述》

作者：[美]罗伯特·艾格

出版社：文汇出版社

08.《气候经济与人类未来：比尔·盖茨给世界的解决方案》

作者：比尔·盖茨

出版社：中信出版社

09.《看不见的女性》

作者：[英]卡罗琳·克里亚多·佩雷斯

出版社：新星出版社

10.《创业维艰：如何完成比难更难的事》

作者：[美]本·霍洛维茨

出版社：中信出版社

11. *Prisoners of Geography*
The Power of Geography

作者：Tim Marshall

出版方：Scribner

12. *Nougats & Crosses*

作者：Majorie Blackman

出版方：Nick Hern Books